我想你是该有信来了，不见你的信，好像总有一件事，我希望快来信！

您是这世界上真正认识我和真正爱我的人!

海上的颜色已经变成墨蓝了，我站在船尾，我望着海，我想，这若是我一个人怎敢渡过这样的大海！

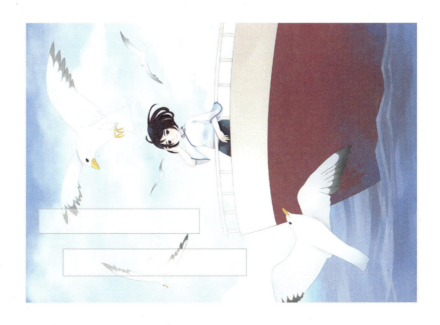

我将与蓝天碧水共处，留得那
多部《红楼》给别人写去了……
亏生尽逢句眼，身先死，不甘，
不甘！

烟花易冷，你依然如来时孤独

萧红 等 著
史庆书 编

北京理工大学出版社

版权专有 侵权必究

图书在版编目（CIP）数据

烟花易冷，你依然如来时孤独 / 萧红等著；史庆书编. —北京：北京理工大学出版社，2018.10
ISBN 978-7-5682-6007-7

Ⅰ. ①烟… Ⅱ. ①萧… ②史… Ⅲ. ①书信集－中国－现代 Ⅳ. ①I266.5

中国版本图书馆CIP数据核字（2018）第175243号

出版发行 /	北京理工大学出版社有限责任公司	
社　　址 /	北京市海淀区中关村南大街5号	
邮　　编 /	100081	
电　　话 /	（010）68914775（总编室）	
	（010）82562903（教材售后服务热线）	
	（010）68948351（其他图书服务热线）	
网　　址 /	http://www.bitpress.com.cn	
经　　销 /	全国各地新华书店	
印　　刷 /	三河市金元印装有限公司	
开　　本 /	889毫米×1194毫米　1/32	
印　　张 /	6.75	责任编辑 / 申玉琴
字　　数 /	120千字	文案编辑 / 申玉琴
版　　次 /	2018年10月第1版　2018年10月第1次印刷	责任校对 / 周瑞红
定　　价 /	39.00元	责任印制 / 边心超

图书出现印装质量问题，请拨打售后服务热线，本社负责调换

代序 蓝天碧水永处,留下那半部《红楼》

1911年的端午节,一个女婴在呼兰河畔一户乡绅家庭呱呱坠地,按照谱牒取名张迺莹。带着这个美丽的名字,这个女孩开始了坎坷而传奇的一生,她向往自由,却遭受重重禁锢;她渴望真爱,却尝尽心酸冷漠,她就是后来为人们所熟知的萧红。

萧红七岁丧母,她的童年是在父亲的冷漠与祖父的宠爱中度过的。萧红与父亲的关系一直很紧张,从童年的疏离到少年时代的针锋相对,她一度怀疑自己不是父亲的亲生女儿。萧红本就极具反抗精神,当革命的大潮席卷而来时,她受到新思想的启蒙,坚决反对家里的包办婚姻,努力挣脱封建枷锁的桎梏。

1930年19岁的萧红与同样反对包办婚姻的表哥陆哲舜背着家人一同前往北平读书,被家人知道后,断了两人的经济供给。陆哲舜抵不住压力回到东北老家,倔强的萧红坚决不想向父亲低头,她做了一个让人不可思议的决定,找到了家里曾经为她指定的未婚夫汪恩甲。汪恩甲声称不计较萧红逃婚的过去,自己仍旧爱着她,萧红为了让汪恩甲支持自己继续在北平完成学业,开始与汪恩甲同居。

当汪恩甲花光身上所有的钱时，两个人再次陷入了经济危机，命运好似在故意捉弄萧红一般，萧红又回到了哈尔滨。在哈尔滨东兴顺旅馆，萧红因拖欠旅馆巨额房费被软禁在一个阴暗潮湿的储藏室里，老板时常催债还恐吓要将她卖到妓院抵债。当时的萧红正身怀六甲，而她的未婚夫汪恩甲早已不知去向。走投无路的萧红给当时《国际协报》的编辑裴馨园写信求助，裴馨园派去探望萧红的人就是当时笔名为"三郎"的萧军。

萧红望着眼前这位她喜欢的作家"三郎"，个子不高，体格却很强壮结实，眉宇间透着英气。此时的萧红是一位穷困落魄的女子，身体浮肿临近生产，年轻的脸上写满了沧桑，但萧军依然看出眼前的女子充满了灵气。

虽然两人是第一次见面，却仿若相识已久，一直畅谈到深夜，两颗孤独的心灵燃起了炽热的火焰。

在他们见面的第二晚，萧红与萧军便在没有任何见证的情况下奋不顾身地结合了。两次见面，对于大部分人来说，仅仅停留在是否要进一步发展的层面，而萧红与萧军却是一见钟情，再见倾心地走到了一起。

两个人在一起，仅有干柴烈火般的激情是不够的，没有面包做基础的爱情变得尤为艰难。萧军在《国际协报》做编辑，每个月有固定收入，一个人吃穿用度还不用发愁，现在多了一个怀孕的萧红，就变得拮据起来。无力偿还房费的萧红仍然被囚禁在小旅馆里，尽管萧军已经四处筹钱，但仍是杯水车薪，距离偿还房费还有很大的差距。1932年的仲夏，哈尔滨出现罕见洪灾，整个哈尔滨变成了一片汪洋，旅馆老板也收拾行李带着家眷逃离了哈尔滨。这场天灾为萧红提供了逃跑的机会，萧红在萧军的帮助下终于重获自由。

没过多久，萧红在医院顺利产下一个女婴，任凭奶水打湿衣襟，任凭孩子无助的哭叫，萧红都没有看一眼这个婴儿，她做了一个铁石心肠的决定——抛弃了这个孩子。

生产过后的萧红和萧军住进了一个叫作欧罗巴的小旅店。入冬以后，哈尔滨的冬天寒冷入骨，萧红和萧军住的房间没有供暖，连一床像样的被褥也没有，晚上，两人就靠着体温互相取暖。萧军通常是深夜才带回一块干硬的大列巴，两人小心翼翼地分着吃，吃了几口就都说饱了，可肚子却咕噜咕噜地叫。在饥寒交迫中，萧军从未想过抛弃体弱的萧红，无论怎样困难，萧红依偎在萧军的臂弯，就觉得心安。两人只要稍有些钱，便会下馆子解解馋。二萧的性格都豪爽而洒脱，今朝有酒今朝醉，明日愁来明日忧，也恰如两人的结合，来不及考虑太多。

1932年11月萧军找到了一份家庭教师的工作，两人搬进了哈尔滨商市街的一个半地下室侧房。虽然不再每个月为房租发愁，但生活依然在贫困中挣扎。萧红出身地主家庭，从未做过家务，在这里，萧红学会了生火、做饭、缝缝补补，俨然一个小主妇。生火对于萧红是一个不小的挑战，她总是生不好，还有一次因煤烟中毒晕了过去，房东请来了医生才抢救过来。即便如此，为了让萧军回家后能感到温暖，吃上热饭，萧红还是凭着不服输的倔劲学会了生火。

春天来了，融化的松花江水开始奔腾流淌，在哈尔滨的大街上经常出现两人潇洒的身影,萧军脖子上系着黑色领结,手里拿着三角琴,萧红穿着花格子衬衫,黑裙子。两人琴瑟和鸣,一路走一路唱,像不知疲惫的流浪歌者,不在乎别人的目光,在艰难的岁月中,苦中作乐,恣意歌唱。

当时二萧的作品大多为揭露在日本帝国主义压迫下的穷苦人民的悲惨生活,引起了伪满当局的注意,两人逃离哈尔滨后,先后前往青岛、上海等地。在上海,萧红和萧军遇到了他们人生的导师——鲁迅。也是在写给鲁迅的信中,萧军第一次使用笔名"萧军",萧红夫唱妇随起名"萧红",两人的笔名合在一起有"小小红军"的意思。或许这世间最浪漫的表白就是连名字也要跟着你的节拍。

在鲁迅的帮助和指导下,二萧开始在上海文坛站稳脚跟。在上海期间,萧红的创作开始走向成熟,无论是在文学上还是在人生上都有了许多新的见解。

萧军的大男子主义非常浓烈,他希望自己的爱人是依附自己、崇拜自己的,他不能接受一个倔强、有主见、才华又在自己之上的伴侣。萧红是一位才女,本身又充满反抗精神,她怎么会甘心成为别人的附属品!因此两人的关系变得越来越紧张脆弱,萧军开始变得愈加暴躁,有时还在众人面前训斥萧红,这样的萧军伤透了她的心。两人在颠沛流离、饥寒交迫中始终不离不弃,却在各自都有了一定的影响力,终于不再为忍饥挨饿而发愁的时候,感情出现了巨大的裂痕。

两人决定分开一年的时间,给彼此空间冷静一下。萧军前往青岛,萧红去了日本。萧红仍旧深爱萧军,在日本期间十分牵挂萧军的起居饮食，经常鸿雁托书传递她对萧军的思念。信中对自己的近况事无巨细与萧军分享，叮嘱萧军注意身体时，仿佛一位牵挂远方弟弟的长姐，发起脾气来又如在父兄面前撒娇的小女孩。

1937年1月，萧红结束在日本的旅居生活提前回国，萧军也回到了上海，然而两人并未因为久别重逢而缓和矛盾，萧红不甘心只做家庭主妇，萧军依然独断专行。而且萧军是不甘寂寞之人，在二萧贫寒困苦之时，萧军也与其他女性有过暧昧关系，萧红旅居日本时期他又与有夫之妇谈起了恋爱。萧红回国后，觉得痛苦万分，十分压抑，她选择了再次出走，在兵荒马乱的时节独自一人去往北平。

萧红在北平时，萧军断了与其他女人的来往，寂寥与落寞的萧军此时想起萧红对自己有多么好，他才发现自己是离不开萧红的。萧军开始在信里表现出对萧红的依恋和不舍，再坚强的女人也抵不过爱人的蜜语甜言，萧红终究也逃不过萧军信中的深情款款，在得知萧军身体不适时，萧红拒绝北平友人的挽留，即刻回到上海。在上海期间两人确实开始了一段崭新的时光，他们把更多的精力用在了文学创作上，更像是两位志同道合的好朋友。

此时，一位从东北来的作家端木蕻良出现在了二萧的生活中，萧军非常热情地接待了端木蕻良，并邀请他在自己家里住下。端木蕻良性格温和，他丝毫不掩饰自己对萧红才华和文章的欣赏，经常对萧红大加赞美。

战火纷飞，时局混乱，在一次次的辗转中，萧红和萧军再次发生了分歧，萧红想留在后方，而有过军旅生涯的萧军则毅然决定跟随游击队到前线去。经过了反复的争执、冷静和分离，两个人最终还是选择了分开。

在西安，一次短暂的小别重逢后，萧红笑着对萧军说："三郎，我们永远分手吧。"

"好。"萧军点点头，没有丝毫的迟疑。这只言片语后，两人就彻底分手了。

说来讽刺，萧红怀着别人的孩子与萧军结合，与萧军分手后，萧红发现自己已经怀孕，她怀着萧军的孩子与端木蕻良举行了婚礼，这个可怜的孩子在生下不久后便夭折了。

萧红和萧军虽然分手了，但是萧军对萧红的影响却是不可忽视的，不可否认，是萧军带领萧红正式踏上了文学创作之路，为她打开了文艺青年的交际圈。

我们很难简单地用对与错来评价萧红与萧军的感情。萧红的种种举动，即便是在当今也是大胆任性的，更何况在封建思想依旧根深蒂固的当时。而萧军控制欲极强，脾气暴躁。可就是这样的两人，他们一见钟情，风雨同舟走过六年的时光，在颠沛流离、四处漂泊的日子里他们相互扶持，无畏无惧一路前行。虽然两人未能白头偕老，但都在彼此的生命中留下了浓墨重彩的一笔。

目录

第一章
萧红致萧军

- 海上的颜色已经变成黑蓝 / 006
- 房子很好,只是感到寂寞了一点 / 007
- 不知为什么你还没有信来? / 008
- 我倒很放心,因为你快乐 / 010
- 有钱除掉吃饭也买不到别的趣味 / 012
- 假若精神和身体稍微好一点 / 014
- 你说我滚回去,你想我了吗? / 016

- 今天大大的欢喜 / 019
- 灵魂太细微的人同时也一定渺小 / 020
- 我给你写的信也太多 / 021
- 我写五次你才写一次 / 022
- 我不是迟疑,我不回去的 / 023
- 做了一张小手帕,送给你 / 024
- 我也给你画张图看看 / 026
- 我主要的目的是创作 / 028
- 你的照片像个小偷 / 030
- 我还很爱这里 / 032

1

什么事也不管,只要努力童话 / 033

我很爱夜,这里的夜非常沉静 / 034

我也有些想你呢 / 036

我很好,你也要快活 / 037

我的生活非常简单 / 039

我的房间收拾得非常整齐 / 040

今天晴了,心情也新鲜了一些 / 042

不敢说是思乡,但就总想哭 / 044

它就像一个伙伴似的陪着我 / 046

我不愿再妨害你,你有你的自由 / 048

寄出手套两副,河清一副,你一副 / 050

这不是我们的黄金时代吗 / 051

作了"太太"就愚蠢了 / 055

我孤独得和一张草叶似的了 / 057

这样的大变动使我们惊慌了一天 / 059

今日东京大风而奇暖 / 063

勿劳念念耳 / 065

新年都没有什么乐事可告 / 066

他们的欢喜不知是从哪里得来 / 067

我很想念我的小屋 / 070

我希望快来信 / 072

我常常怀疑自己 / 074

每天看天一小时会变成美人 / 076

你要多吃水果 / 078

你说的是道理,我应该去照做 / 080

我是不能不哭了 / 081

第二章
萧军致萧红

我心残缺 / 086

我想到今天会有你的信来 / 090

"讲道理"的信 / 094

给她的最后一封信 / 098

第三章
鲁迅致萧红萧军

- 不必问现在要什么，只要问自己能做什么 / 102

  见面的事，我以为可以从缓 / 104

  我们是有机会见面的 / 105

  稚气的话，说说并不要紧 / 106

  我还没有到死掉的时候 / 108

  我们还是在月底谈一谈好 / 110

  第一次约定见面 / 111

  见面会使你们悲哀的 / 112

坚定的文人是不多的 / 116

请两位到梁园豫菜馆吃饭 / 119

吟太太的稿子，生活书店愿意出版 / 120

这几天真有点闷气 / 121

留情面是中国文人最大的毛病 / 123

两篇稿子早已收到 / 126

文章是打不出来的 / 128

我也时时感到寂寞 / 130

印书的事现在不能答复 / 133

可以到各种杂志社去跑跑 / 134

"野气"不要故意改 / 136

孩子的脚给沸水烫伤了 / 139

爱子之心 / 140

先问一问地址 / 142

为《八月的乡村》作序 / 143

稿、序放在书店里 / 146

不要自馁,总是干 / 147

最令人心寒的是友军从背后射来的暗箭 / 149

稿费事宜 / 151

我的心至今还没有热 / 152

待有余款当再通知 / 154

所要之款已放在书店里 / 155

稿费单已寄出 / 156

倘有别事可做,真想改行了 / 157

稿费与书已寄出 / 160

身体日见衰弱 / 161

近来太没闲空 / 163

有些时候,有压力也好 / 165

书已收到 / 167

小说再给我十本也好 / 169

我其实是"破落户子弟" / 170

我不爱江南 / 172

约稿函 / 174

小说集的内容 / 175

久未得悄吟太太消息 / 176

近日甚忙 / 177

不能疑心世界上全是偷儿 / 178

天下之事,是做不完的 / 181

我们一定要再见一见 / 182

一起吃晚饭 / 184

校稿昨天已看完 / 185

有空望随便来玩 / 186

你的旧诗比新诗好 / 188

小说两种都卖完了 / 189

简要回忆一下过去二三年的经过 / 190

萧红年表 / 191

第一章

萧红致萧军

萧军与萧红的爱情不似童话故事般浪漫纯洁,这是一段饱经人间疾苦的情感,错综复杂地将背叛、妥协和不舍交织在一起。在流离失所、饥寒交迫的日子里,两人都为了生计而奔波,性格上的不合被忽视。萧军与萧红到上海后,逐渐在上海文坛有了一定地位,两人都有了丰厚的稿酬,随着物质生活的富足,性格上的矛盾便再也无法掩盖。萧军经常在众人面前对萧红的作品表示出轻蔑和不屑,甚至对她大打出手。

在一次聚会上,一位朋友发现萧红的半边脸都是肿的,就追问萧红怎么了?

萧红苦笑着掩饰:"没什么,昨天夜里起来不小心撞到东西摔倒了。"

"你别不要脸了!我昨天喝了点酒,是我打的!"萧军当着众人的面大言不惭地嚷着,丝毫不给萧红留情面。

顿时,宴会气氛变得异常尴尬,大家想劝说些什么,却都无从开口。

萧红每天沉浸在忧愁与孤寂中,无处宣泄的痛苦将萧红逼得快要发疯,眼见二萧之间的感情越发敏感脆弱,好友黄源、许粤华夫妇建议萧红去日本短暂学习一年。一方面日本的出版业发达，萧红在那里可以读到很多难得的作品，另一方面两人分开一段时间，彼此也好冷静一下，让时间来修补感情的缝隙。萧红和萧军经过反复商量后，1936年，萧红去了日本，萧军去了青岛，两人约定一年之后相见。

即将分别，萧军毫无眷恋之情，好似解脱一般可以无牵无挂、无所顾忌地快意人生了。而萧红望着陌生的港口，心中却涌起了无限的不舍，她更加恐惧一人面对无边的黑暗和无尽的孤寂。登上前往日本的船，萧红便开始给萧军写信。

萧红来到日本，不仅没有使自己的神经舒缓下来，陌生的语言、陌生的环境，使她觉得更加愁苦和寂寞，总有一种喘不过气来的压抑感。萧红本就神经衰弱，睡眠很浅，走廊里木屐的声音更扰得她难以入眠。到日本后，唯一让萧红欣慰的是，她见到了自己在日本早稻田大学留学的弟弟张秀珂。萧红自1934年离开哈尔滨后再未回过家乡黑龙江，她的一生是漂泊的一生，从异乡到异乡，令她思念的白山黑水也只是在梦里出现过。在遥远的异国遇见自己许久未见的弟弟，这浓浓的亲情，着实抚慰了萧红的不安与孤独。

身处异国的萧红，觉得自己的灵魂如同海上漂泊的船只般无依无靠，她最大的心里寄托就是给萧军写信，虽然两人的感情已经有了无数的裂痕，但萧红对萧军的爱依然溢于言表。萧红在信里经常叮嘱萧军注意起居饮食，细致入微，甚至连萧军该买什么样的枕头，换什么样的被子都百般叮咛。然而萧军对萧红的关心并不领情，晚年的萧军回忆起萧红曾说："她常常关心我太多，这使我很不舒服，甚至厌烦。这也是我们常常闹小矛盾的原因之一。"

有时候萧红也会任性地写一些"毫无意义"的信，譬如"腿肚上被蚊虫咬了个大包。"萧军根本无法理解一封信里无多言语，只写些毫无用处的话，萧军居然回信道："腿上被咬了个大包，这种不疼不痒的话有什么好说的。你腿上被咬了大包，我又有什么办法呢？"对于恋人之间这些无用的亲昵话语，萧军显然是不解风情的，萧红像小女人般撒娇无非是想得到萧军的宠爱与关心。萧军性格粗犷，萧红细心如发，这大抵是世间情侣常为一些鸡毛蒜皮的小事吵得不可开交的主要原因吧。

1937年1月9日，萧红提前结束在日本的旅居生活从东京乘车到横滨，翌日从横滨乘船启程回上海。萧红提前回国的原因一是因为鲁迅先生的离世对萧红的打击很大，她想回国尽快祭拜先生；二是要和萧军谈一谈，解决情感问题。

鲁迅先生的死，对萧红简直就是晴天霹雳，她的内心一直被这个巨大的噩耗盘踞着。鲁迅之于萧红既是文学上的领路人又是人生的导师，更是心灵上的抚慰者。萧红临行前，先生身体已经很虚弱，他强打起精神，如一位年迈的父亲事无巨细地嘱咐着自己即将远行的女儿。萧红万万没有想到那晚的饯别，竟是自己与鲁迅先生的最后一面。最让萧红觉得愧疚的是，她在日本期间因怕影响鲁迅先生休养，怕他因回信而劳累伤神，便没有给先生写过信。萧红回到上海后便到万国公墓祭拜了鲁迅先生，随后又陆续写了很多怀念鲁迅先生的诗歌及文章寄托哀思。

萧红与萧军在终日为了生计而发愁，感情却很好的时光里，有过很多幸福的回忆。萧红高兴的时候，两只手张开摇摇晃晃地走路，就像一只可爱的白鹅，萧军便宠溺地称萧红为"小鹅"。萧红也给萧军取了很多好玩的绰号，她觉得萧军又壮又笨，便叫他"小狗熊"。这些情侣间给彼此取的小昵称如蜜糖般甜蜜着彼此的心，萧红在写给萧军的信尾落款就用了"小鹅"。

海上的颜色已经变成黑蓝

第一信（1936年7月18日发　由船上寄→上海）

君先生：

　　海上的颜色已经变成黑蓝了，我站在船尾，我望着海，我想：这若是我一个人怎敢渡过这样的大海！

　　这是黄昏以后我才给你写信，舱底的空气并不好，所以船开没有多久我时时就好像要呕吐，虽然吃了多量的胃粉。

　　现在船停在长崎了，我打算下去玩玩。昨天的信并没写完就停下了。

　　到东京再写信吧！

　　祝好！

莹

七月十八日

房子很好，只是感到寂寞了一点

第二信（1936年7月21日发，7月27日到　东京→上海）

均：

你的身体这几天怎么样？吃得舒服吗？睡得也好？当我搬房子的时候，我想：你没有来，假若你也来，你一定看到这样的席子就要先在上面打一个滚，是很好的，像住在画的房子里面似的。

你来信寄到许的地方就好，因为她的房东熟一些。

海滨，许不去，以后再看，或者我自己去。

一张桌是（和）①一个椅子都是借的。屋子里面也很规整，只是感到寂寞了一点，总有点好像少了一点什么！住下几天就好了。

外面我听到蝉叫，听到踏踏的奇怪的鞋声，不想写了！也许她们快来叫我出去吃饭的时候了！

你的药不要忘记吃，饭少吃些，可以到游泳池去游泳两次，假若身体太弱，到海上去游泳更不能够了。

祝好！
别的朋友也都祝好！

莹
七月廿一日

---

① 此处括号里的字原信中没有，是编校时加的。后面多处同。

不知为什么你还没有信来?

第三信(1936年7月26日发,7月31日到 东京→上海)

均:

现在我很难过,很想哭。想要写信,钢笔里面的墨水没有了,可是怎样也装不进来,抽进来的墨水一压又随着压出去了。

华起来就到图书馆去了,我本来也可以去,我留在家里想写一点什么,但哪里写得下去,因为我听不到你那登登上楼的声音了。

这里的天气也算很热,并且讲一句话的人也没有,看的书也没有,报也没有。心情非常坏,想到街上去走走,路又不认识,话也不会讲。

昨天到神保町的书铺去了一次,但那书铺好像与我一点关系也没有,这里太生疏了,满街响着木屐的声音,我一点也听不惯这声音。这样一天一天的我不晓得怎样过下去,真是好像充军西伯利亚一样。

比我们起初来到上海的时候更感到无聊,也许慢慢的①就好

---

① 现用"地"。后同。

了,但这要一个长的时间,怕是我忍耐不了。不知道你现在准备要走了没有?我已经来了五六天了,不知为什么你还没有信来?

珂已经在十六号起身回去了。

不写了,我要出去吃饭,或者乱走走。

吟上
七月廿六上十时半

我倒很放心，因为你快乐

第四信（1936年8月14日发，8月21日到　东京→青岛）

均：

接到你四号写的信现在也过好几天了，这信看过后，我倒很放心，因为你快乐，并且样子也健康。

稿子我已经发出去三篇，一篇小说，两篇不成形的短文。现在又要来一篇短文，这些完了之后，就不来这零碎，要来长的了。

现在是十四号，你一定也开始工作了几天了吧？

鸡子你尊[①]命了，我很高兴。

你以为我在混光阴吗？一年已经混过一个月。

我也不用羡慕你，明年阿拉自己也到青岛去享清福。我把你遣到日本岛上来！

莹

八月十四日

---

① 应为"遵"。

异国

夜间：这窗外的树声,
　　　听来好像家乡田野上抖动着的高粱,
　　　但,这不是。
　　　这是异国了,
　　　踏踏的木屐的声音有时和潮水一般了。

日里：这青蓝的天空,
　　　好像家乡六月里广茫的原野,
　　　但,这不是。
　　　这是异国了,
　　　这异国的蝉鸣也好像更响了一些。

有钱除掉吃饭也买不到别的趣味

第五信（1936年8月17日发，8月22日复　东京→青岛）

均：

今天我才是第一次自己出去走个远路，其实我看也不过三五里，但也算了，去的是神保町，那地方的书局很多，也很热闹，但自己走起来也总觉得没什么趣味，想买点什么，也没有买，又沿路走回来了。觉得很生疏，街路和风景都不同，但有黑色的河，那和徐家汇一样，上面是有破船的，船上也有女人，孩子。也是穿着破衣裳。并且那黑水的气味也一样。像这样的河恐怕巴黎也会有！

你的小伤风既然伤了许多日子也应该管它，吃点阿司匹林吧！一吃就好。

现在我庄严的告诉你一件事情，在你看到之后一定要在回信上写明！就是第一件你要买个软枕头，看过我的信就去买！硬枕头使脑神经很坏。你若不买，来信也告诉我一声，我在这边买两个给你寄去，不贵，并且很软。第二件你要买一张当做被子来用的有毛的那种单子，就像我带来那样的，不过更该厚点。你若懒得买，来信也告诉我，也为你寄去。还有，不要忘了夜里不要（吃）东西。没有了。以上这就是所有的这封信上的重要的事情。

  我的稿子又交出去一小篇。

  照像机现在你也有用了,再寄一些照片来。我在这里多少有点苦寂,不过也没什么,多写些东西也就添补起来了。

  旧地重游是很有趣的,并且有那样可爱的海!你现在一定洗海澡去了好几次了?但怕你没有脱衣裳的房子。

  你再来信说你这样好那样好,我可说不定也去!我的稿费也可以够了。你怕不怕?我是和(你)开玩笑?也许是假玩笑。

  你随手有什么我没看过的书也寄一本两本来!实在没有书读,越寂寞就越想读书,一天到晚不说话,再加上一天到晚也不看一个字我觉得很残忍,又像我从(前)在旅馆一个人住着的那个样子。但有钱,有钱除掉吃饭也买不到别的趣味。

  祝好。

萧上
八月十七日

假若精神和身体稍微好一点

第六信（1936年8月22日发，8月29日收到即复 东京→青岛）

军：

现在正和你所说的相反，烟也不吃了，房间也整整齐齐的。但今天却又吃上了半支烟，天又下雨，你又总也不来信，又加上华要回去了！又加上近几天整天发烧，也怕是肺病的（样）子，但自己晓得，决不是肺病。可是又为什么发烧呢？烧得骨节都酸了！本来刚到这里不久夜里就开（始）不舒服，口干、胃涨……近来才晓是又①热度的关系，明天也许跟华到她的朋友地方去，因为那个朋友是个女医学生，让她带我到医生的地方去检查一下，很便宜，两元钱即可。不然，华几天走了，我自己去看医生是不行的，连华也不行，医学上的话她也不会说，大概你还不知道，黄的父亲病重，经济不够了，所以她必得回去。大概二十七号起身。

她走了之后，他妈的，再就没有熟人了，虽然和她同住的那位女士倒很好，但她的父亲来了，父女都生病，住到很远的朋友家去了。

---

① 应为"有"。

假若精神和身体稍微好一点，我总就要工作的，因为除了工作再没有别的事情可作①的。可是今天是坏之极，好像中暑似的，疲乏、头痛和不能支持。

不写了，心脏过量的跳，全身的血液在冲击着。

祝好！

吟

八月廿二日夜雨时

你还是买一部唐诗给我寄来。

---

① 现用"做"。后同。

你说我滚回去,你想我了吗?

第七信(1936年8月27日发,9月3日收到即复　东京→青岛)

均:

我和房东的孩子很熟了,那孩子很可爱,黑的,好看的大眼睛,只有五岁的样子,但能教我单字了。

这里的蚊子非常大,几乎使我从来没有见过。

那回在游泳池里,我手上受的那块小伤,到现在还没有好。肿一小块,一触即痛。现在我每日二食,早食一毛钱,晚食两毛或一毛五,中午吃面包或饼干。或者以后我还要吃得好点,不过,我一个人连吃也不想吃,玩也不想玩,花钱也不愿花。你看,这里的任何公园我还没有去过一个,银座大概是漂亮的地方,我也没有去过,等着吧,将来日语学好了再到处去走走。

你说我快乐的玩吧!但那只有你,我就不行了,我只有工作,睡觉,吃饭,这样是好的,我希望我的工作多一点。但也觉得不好,这并不是正常的生活,有点类似放逐,有点类似隐居。你说不是吗?若把我这种生活换给别人,那不是天国了吗?其实在我,也和天国差不多了。

你近来,怎么样呢?信很少,海水还是那样蓝么?透明吗?

浪大吗？崂山①也倒真好？问得太多了。

可是，六号的信，我接到即回你，怎么你还没有接到？这文章没有写出，信倒写了这许多。但你，除掉你刚到青岛的一封信，后来十六号的（一）封，再就没有了，今天已经是二十六日。我来在这里一个月零六天了。

现在放下，明天想起什么来再写。

今天同时接到你从崂山回来的两封信，想不到那小照相机还照得这样好，真清楚极了！什么全看得清，就等于我也逛了崂山一样。

说真话，逛崂山没有我同去，你想不到吗？

那大张的单人像，我倒不敢佩服，你看那大眼睛，大得我从来都没有看见过。

两片红叶子已经干干的了，我记得我初认识你的时候，你也是弄了两张叶子给我，但记不得那是什么叶子了。

孟有信来，并有两本《作家》来。他这样好改字换句的，也真是个毛病。

"瓶子很大，是朱色，调配起来，也很新鲜，只是……"这"只是"是什么意思呢，我不懂。

花皮球走气，这真是很可笑，你一定又是把它压坏的。

还有可笑的，怎么你也变了主意呢？你是根据什么呢？那么说，我把写作放在第一位始终是对的。

我也没有胖也没有瘦，在洗澡的地方天天过磅。

---

① 现称"崂山"。后同。

对了，今天整整是二十七号，一个月零七天了。

西瓜不好那样多吃，一气吃完是不好的，放下一会再吃。

你说我滚回去，你想我了吗？我可不想你呢，我要在日本住十年。

我没有给淑奇去信，因为我把她的地址忘了，商铺街十号还是十五号？还是内十五号呢？正想问你，下一信里告诉我吧！

那么周走了之后，我再给你信，就不要写周转了？

我本打算在二十五号之前再有一个短篇产生，但是没能够，现在要开始一个3万字的短篇了，给《作家》十月号。完了就是童话了。我这样童话来，童话去的，将来写不出，可应该觉得不好意思了。

东亚还不开学，只会说几个单字，成句的话，不会。房东还不错，总算比中国房东好。

你等着吧！说不定那①一个月，或那一天，我可真要滚回去的。到那时候，我就说你让我回来的。

不写了。

祝好。

        吟

      八月廿七晚七时。

你的信封上带一个小花我可很喜欢，起初我是用手去掀的。

东京麴町区富士见町二丁目九，五中村方

---

① 同"哪"。后同。

今天大大的欢喜

第八信（1936年8月30日发，9月6日到，7日复　东京→青岛）

均：

二十多天感到困难的呼吸，只有昨夜是平静的，所以今天大大的欢喜，打算要写满十页稿纸。

别的没有什么可告诉的了。

腿肚上被蚊虫咬了个大包。

　　　　　　　　　　　　　　　　莹

　　　　　　　　　　　　　　　八月卅晚。

灵魂太细微的人同时也一定渺小

第九信（1936年8月31日发，9月6日到，7日复　东京→青岛）

均：

　　不得了了！已经打破了纪录，今已超出了十页稿纸。我感到了大欢喜。但，正在我（写）这信，外边是大风雨，电灯已经忽明忽灭了几次。我来了一个奇怪的幻想，是不是会地震呢？三万字已经有了二十六页了。不会震掉吧！这真是幼稚的思想。但，说真话，心上总有点不平静，也许是因为"你"不在旁边？

　　电灯又灭了一次。外面的雷声好像劈裂着什么似的！……我立刻想起了一个新的题材。

　　从前我对着这雷声，并没有什么感觉，现在不然了，它们都会随时波动着我的灵魂。

　　灵魂太细微的人同时也一定渺小，所以我并不崇敬我自己。我崇敬粗大的、宽宏的……

　　我的表已经十点一刻了，不知你那里是不是也有大风雨？

　　电灯又灭了一次。

　　只得问一声晚安放下笔了。

　　　　　　　　　　　　　　　　　　　　　吟

　　　　　　　　　　　　　　　　　　　卅一日夜。八月。

我给你写的信也太多

第十信（1936年9月2日发，9月9日收到即复　东京→青岛）

均：

这样剧烈的肚痛，三年前有过，可是今天又来了这么一次，从早十点痛到两点。虽然是四个钟头，全身就发抖了。洛定片，不好用，吃了四片毫没有用。

稿子到了四十页，现在只得停下，若不然，今天就是五十页，现在也许因为一心一意的缘故，创作得很快，有趣味。

每天我总是十二点或一点睡觉，出息得很，小海豹也不是小海豹了，非常精神，早睡，睡不着反而乱想一些更不好。不用说，早晨起得还是早的。肚子还是痛，我就在这机会上给你写信，或者有凡拉蒙吃下去会好一点，但，这回没有人给买了。

这稿既然长，抄起来一定错字不少，这回得特别加小心。

不多写了。我给你写的信也太多。

祝好。

　　　　　　　　　　　　　　　　　　吟

　　　　　　　　　　　　　　　　九月二日

肚子好了。

　　　　　　　　　　　　　　　　二日五时

我写五次你才写一次

第十一信（1936年9月4日发，9月9日收到即复　东京→青岛）

三郎：

五十一页就算完了。自己觉得写得不错，所以很高兴。孟写信来说："可不要和《作家》疏远啊！"这回大概不会说了。

你怎么总也不写信呢？我写五次你才写一次。

肚痛好了。发烧还是发。

我自己觉得满足，一个半月的工夫写了三万字。

补习学校还没有开学。这里又热了几天。今天很凉爽。一开学，我就要上学的，生活太单纯，与精神方面不很好。

昨天我出去，看到一个穿中国衣裳的中国女人，在街上喊住了一个汽车，她拿了一个纸条给了车夫，但没拉她。街上的人都看着她笑，她也一定和我似的是个新飞来的鸟。

到现在，我自己没坐过任何一种车子，走也只走过神保町。

冰淇淋吃得顶少，因为不愿意吃。西瓜还吃，也不如你吃得多。也是不愿意吃。影戏一共看过三次。任何公园没有去过。一天廿四小时三顿饭，一觉，除此即是在椅子上坐着。但也快活。祝好。

　　　　　　　　　　　　　　　　　　吟

　　　　　　　　　　　　　　　　九，四。

我不是迟疑,我不回去的

第十二信(1936年9月6日发,9月13日收到即复 东京→青岛)

均:

你总是用那样使我有点感动的称呼叫着我。

但我不是迟疑,我不回去的,既然来了,并且来的时候是打算住到一年,现在还是照着作,学校开学,我就要上学的。

但身体不大好,将来或者治一治。那天的肚痛,到现在还不大好。你是很健康的了,多么黑!好像个体育棒子。不然也像匹小马!你健壮我是第一高兴的。

黎的刊物怎么样?没有人告诉我。

黄来信说《十年》一册也要写稿,说你答应写了?但那东西是个什么呢?

上海那三个孩子怎么样?

你没有请王关石吃一顿饭?

我一想起王关石,我就想起你打他的那块石头!袁泰见过?还有那个张?

唐诗我是要看的,快请寄来!精神上的粮食太缺乏!所以也会有病!

不多写了!明年见吧!

莹
九月六日

做了一张小手帕,送给你

第十三信(1936年9月9日发,9月15日收到即复　东京→青岛)

三郎:

稿子既已交出,这两天没有事做,所以做了一张小手帕,送给你吧!

《八》既已五版,但没有印花的。销路总算不错。现在你在写什么?

劳山我也不想去,不过开个玩笑就是了,吓你一跳。我腿细不细的,你也就不用骂!

临别时,我不让你写信,是指的啰哩啰嗦的信。

黄来信,说有书寄来,但等了三天,还不到。《江上》也有,《商市街》也有,还有《译文》之类。我是渴想着书的,一天二十四小时,既不烧饭,又不谈天,所以一休息下就觉得天长得很。你靠着电柱读的是什么书呢?普通一类,都可以寄来的,并不用挂号,太费钱,丢是不常丢的。唐诗也快寄来,读读何妨?我就是怎样一个庄严的人,也不至于每天每月庄严到底呀?尤其是诗,读一读就像唱歌似的,情感方面也愉乐一下,不然,这不和白痴过的生活一样吗?写当然我是写的,但一个人若让他一点点也不间断下来,总是想和写,我想是办不到,用功是该用功的，但也要有一点娱乐，不然就像住姑子庵了！所以说来说去，唐诗还是快点寄来。

　　胃还是坏，程度又好像深了一些，饮食我是非（常）注意，但还不好，总是一天要痛几回。可是回去，我是不回去，来一次不容易，一定要把日文学到可以看书的时候，才回去，这里书真是多得很，住上一年，不用功也差不了。黄来信，说你十月底回上海，那么北平不去了吗？

　　祝好！

莹
九月九日

　　东亚补习学校，昨天我又跑去看了一次，但看不懂，那招生的广告我到底不知道是招的什么生，过两天再去看。

我也给你画张图看看

第十四信（1936年9月10日发，9月15日收到即复　东京→青岛）

三郎：

我也给你画张图看看，但这是全屋的半面。我的全屋就是六张席子。你的那张图，别的我倒没有什么，只是那两个小西瓜，非常可爱，你怎么也把它们两个画上了呢？假如有我，我就不是把它吃掉了吗？

尽胡说，修炼什么？没有什么好修炼的。一年之后，才可看书。

今天早晨，发了一信，但不到下午就有书来，也有信来。唐诗，读两首也倒觉不出什（么）好，别的夜来读。

如若在日本住上一年，我想一定没什么长进，死水似的过一年。我也许过不到一年，或几个月就不在这里了。

日文我是不大喜欢学，想学俄文，但日语是要学的。

以上是昨天写的。

今天我去交了学费，买了书，十四号上课，十二点四十分起，四个钟头止，多是相当多，课本就有五六本。全是中国人，那个学校就是给中国人预备的。可不知珂来了没有？

三个月，连书在一起二十一二块钱，本来五号就开课了，但我是错过了的。

　　现在我打算给奇她们写信，所以不多写了。

　　祝好。

吟

九月十日

我主要的目的是创作

第十五信（1936年9月12日发，9月16日收到，17日复　东京→青岛）

均：

今晨刑事来过，使我上了一点火，喉咙很痛，麻烦得很，因此我不知住到什么时候就要走的。情感方面很不痛快，又非到我的房间不可，说东说西的。早晨本来我没有起来，房东说要谈就在下面谈吧，但不肯，非到我的房间不可，不知以后还来不来？若再来，我就要走。

华同住的朋友，要到市外去住了，从此连一个认识人也没有。我想这也倒不要紧，我好久未创作，但，又因此不安起来，使我对这个地方的厌倦更加上厌倦。

他妈的，这年头……

我主要的目的是创作，妨害了它是不行的。

本来我很高兴，后天就去上课，但今天这种感觉，使我的心情特别坏。忍耐一个时期再看吧！但青岛我不去，不必等我，你要走尽管走。

你寄来的书，通通读完了。

他妈的，混账王八蛋。

祝好。

                                吟
                        九月十二日

均：
　　刚才写的信，忘记告诉你了，你给奇写信，告诉她，不要把信寄给我。你转好了。
　　你的信封面也不要写地址。

你的照片像个小偷

第十六信（1936年9月14日发，9月21日到　东京→青岛）

均：

你的照片像个小偷。你的信也是两封一齐到。（七日九日两封）

你开口就说我混账东西，好，你真不佩服我？十天写了五十七页稿纸。

你既然不再北去，那也很好，一个人本来也没有更多的趣味。牛奶我没有吃，力弗肝也没有买，因为不知道外国名字，又不知道卖西洋药的药房，这里对于西洋货排斥得很，不容易买到。肚子痛打止痛针也是不行，一句话不会说，并且这里的医生要钱很多。我想买一瓶凡拉蒙预备着下次肚痛，但不知到哪里去买？想问问是无人可问的。

秋天的衣裳，没有买，这里的天气还一点用不着。

我临走时说要给你买一件皮外套的，回上海后，你就要替我买给你自己。四十元左右。我的一些零碎的收入，不要（把）它们寄来，直接你去取好了。

心情又闹坏了，不然这两天就要开始新的，但，停住了。睡觉也不好起来，想来想去。他妈的，再来麻烦，我可就不受了。

我给萧乾的文章,黄也一并交给黎了,你将来见到萧时,说一声对不住。

祝好。

荣子
九月十四日

关于信封,你就一连串写下来好了,不必加点号。

我还很爱这里

第十七信（1936年9月17日发，9月21日到　东京→青岛）

均：

近来我的身体很不健康。我想你也晓得，说不定那天就要回去的，所以暂且不要有来信。

房东既不会讲话，丢掉了不大好。我是时时给你写信的。我还很爱这里，假若可能我还要住到一年。

你若来信，报报平安也未尝不可。

小鹅

九月十七日

什么事也不管，只要努力童话

第十八信（1936年9月19日发，9月26日到 东京→青岛）

均：

前一封信，我怕你不懂，健康二字非作本意来解。

学校我每天去上课，现在我一面喝牛奶一面写信给你，你十三和十四发来的信，一齐接到，这次的信非常快，只要四五天。

我的房东很好，她还常常送我一些礼物，比（如）方糖、花生、饼干、苹果、葡萄之类，还有一盆花，就摆在窗台上。我给你的书签，谢也不谢，真可恶！以后什么也不给你。

我告诉你，我的期限是一个月，童话终了为止，也就是十月十五前。

来信尽管写些家常话。医生我是不能去看的，你将来问华就知道这边的情形了。

上海常常有刊物寄来，现在我已经不再要了。这一个月，什么事也不管，只要努力童话。

小花叶我把它放到箱子里去。

祝好。

小鹅
九月十九日

我很爱夜，这里的夜非常沉静

第十九信（1936年9月21日发，因邮票被剪去，邮到日期不明　东京→青岛）

均：

　　昨天和今天都是下雨，我上课回来是遇着毛毛雨，所以淋得不很湿，现在我有雨鞋了，但，是男人的样子，所以走在街上有许多人笑，这个地方就是如此守旧的地方，假若衣裳你不和她穿得同样，谁都要笑你，日本女人穿西装，啰里啰索①，但你也必得和她一样啰嗦，假若整齐一些，或是她们没有见过的，人们就要笑。

　　上课的时间真是够多的，整个下半天就为着日语消费了去。今天上到第三堂的时候，我的胃就很痛，勉强支持过来了。

　　这几天很凉了，我买了一件小毛衣（二元五）。将来再冷，我就把大毛衣穿上。我想我的衣裳一定可以支持到下月半。

　　你替我买给你自己的外套，回去就应该买。

　　我很爱夜，这里的夜，非常沉静，每夜我要醒几次的，每醒来总是立刻又昏昏的睡去，特别安静，又特别舒适。早晨也是好的，阳光还没晒到我的窗上，我就起来了。想想什么，或是吃点

---

① 应为"啰哩啰嗦"。

什么。这三两天之内,我的心又安然下来了。什么人什么命,吓了一下,不在乎。

孟有信来,说我回去吧!在这住有什么意思呢?

现在我一个人搭了几次高架电车,很快,并且还攒[①]洞,我觉得很好玩,不是说好玩,而说有意思。因为你说过,女人这个也好玩那个也好玩。上回把我丢了,因为不到站我就下来了,走出了车站看看不对,那么往那里走呢?我自己也不知道,瞎走吧,反正我记住了我的住址。可笑的是华在的时候,告诉我空中飞着的大气球是什么商店的广告,那商店就离学校不远,我一看到那大球,就奔着去了。于是总算没有丢。

信写到此地,季刊来了。翻着看了半天,把那随笔二篇看了半天,其中很有情感,别无所取。

虹没有信来,你告诉他也不要来信了,别人也告诉不要来信了。

这是你在青岛我给你的末一封信。再写信就是上海了。船上买一点水果带着,但不要吃鸡子,那东西不消化。饼干是可以带的。

祝好。

小鹅

九月二十一日

[①] 应为"钻"。

我也有些想你呢

第二十信（1936年9月23日发，9月ＸＸ日到　东京→青岛）

均：

昨天下午接到你两封信。看了好几遍，本来前一信我说不在①往青岛去信了，可是又不能不写了。既接到信，也总是想回的，不管有事没有事。

今天放假，日本的什么节。

《第三代》居然间上一部快完了，真是能耐不小！大概我写信时就已经完了。

小东西，你还认得那是你裤子上剩下来的绸子？

坏得很，跟外国孩子去骂嘴！

水果我还是不常吃，因为不喜欢。

因为下雨所以你想我了，我也有些想你呢！这里也是两三天没有晴天。

不写了。

莹

九月廿三日

---

① 应为"再"。

我很好,你也要快活

第二十一信(1936年10月13日发,10月18日到 东京→上海)

均:

我不回去了,来回乱跑,啰啰索索①,想来想去,还是住下去吧!若真不得已那是没有法子。不过现在很平安。

近一个月来,又是空过的,日子过得不算舒服。

奇他们很好?小奇赶上小明那样可爱不?一晃三年不见他们了。奇一定是关于我问来问去吧?你没问俄文先生怎么样?他们今后打算住在什么地(方)呢?他们的经济情形如何?

天冷了,秋雨整天的下了,钱也快完了。请寄来一些吧!还有三十多元在手中,等钱到我才去买外套,月底我想一定会到的。

你的精神为了旅行很快活吧?

我已写信给孟,若你不在就请他寄来。

我很好。在电影上我看到了北四川路,我也看到了施高塔路,(那)一刻我的心是忎②忎不安的。我想到了病老而且又在

---

① 应为"啰啰嗦嗦"。
② 应为"忐"。

奔波里的人了。

　　祝好。

　　　　　　　　　　　　　　　吟

　　　　　　　　　　　　　　十月十三日

我的生活非常简单

第二十二信（1936年10月17日发，10月ＸＸ日到　东京→上海）

河清兄：

老三还没有回来？

我不回去了，我就在这里住下去了。

每日花费在日语上要六七个钟头，这样读下来简直不得了，一年以后真是可以，但我并不用功，若用起功来，时间差不多就没有了。可是《十年》的文章并没因此而写出。

华姐忙得不得了吧？

《译文》还要请您寄给我，多谢多谢。

祝好。

吟

十月十七日

我的房间收拾得非常整齐

第二十三信（1936年10月20日发，11月5日复　东京→上海）

均：

我这里很平安，绝对不回去了。胃病已好了大半，头痛的次数也减少。至于意外，我想是不会有的了。因为我的生活非常简单，每天的出入是有次数的，大概被"跟"了些日子，后来也就不跟了。本来在未来这里之前也就想到了这层，现在依然是照着初来的意思，住到明年。

现在我的钱用到不够二十元了，觉得没有浪费，但用的也不算少数。希望月底把钱寄来，在国外没有归国的路费在手里是觉得没有把握的，而且没有熟人。

今天少上了一课，一进门，就在席子上面躺着一封信，起初我以为是珂来的，因为你的字真是有点像珂。此句我懂了。（但你的文法，我是不大明白的"同来者有之明，奇现在天津，暂时不来。"我照原句抄下的。你看看吧。）（以上括弧内句子写上又抹掉了，在上面加上一句"此句我懂了。"大概起始没有看懂，后来又懂了，所以抹了。——萧军注）

六元钱买了一套洋装（裙〈裙〉与上衣），毛线的。还买了草褥，五元。我的房间收拾得非常整齐，好像等待着客人的到来一样。草褥折起来当做沙发，还有一个小园①桌，桌上还站着一瓶红色的酒。酒瓶下面站着一对金酒杯。大概在一个地方住得久了一点，也总是开心些的，因为我感觉到我的心情好像开始要管到一些在我身外的装点，虽然房间里边挂起一张小画片来，不算什么，是平常的，但，那需要多么大的热情来做这一点小事呢？非亲身感到的是不知道。我刚来的时候，就是前半个月吧，我也没有这样的要求。

　　日语教得非常多，大概要通通记得住非整天的工夫不可，我是不肯，而且我的时（间）也不够用。总是好坐下来想想。

　　报上说是L.来这里了？

　　我去洗澡去，不写了。

　　明。我在这里和你握手了。

吟。

十月廿日

---

① 应为"圆"。

今天晴了,心情也新鲜了一些

第二十四信(1936年10月21日发,10月26日到 东京→上海)

均:

昨天发的信,但现在一空下来就又想写点了。你们找的房子在哪里?多么大?好不好?这些问题虽然现在是和我无关了,但总禁不住要想。真是不巧,若不然我们和明他们在一起住上几个日子。

明,他也可以给我写点关于他新生活的愿望吗?因为我什么也不知道。小奇什么样?好教人喜欢的孩子吗?均,你是什么都看到了,我是什么也没看到。

均,你看我什么时候总好欠个小账,昨天在夜市的一个小摊子上欠了六分钱,写完了这一页纸就要去还的。

前些日子我还买了一本画册打算送给L。但现在这画只得留着自己来看了。我是非常爱这画册,若不然我想寄给你,但你也一定不怎么喜欢,所以这念头就打消了。

下了三天昼夜没有断的小雨,今天晴了,心情也新鲜了一些。

小沙发对于我简直是一个客人,在我的生活上简直是一件重大的事情,它给我减去了不少的孤独之感。总是坐在墙角在陪着我。

　　奇什么时候南来呢?

　　祝好。

                                        吟

                                        　十月廿一日

不敢说是思乡,但就总想哭

第二十五信(1936年10月29日发,11月3日收到,4日复 东京→上海)

均:

挂号信收到。四十一元二角五的汇票,明天去领。二十号给你一信,二十四又一信,大概也都收到了吧?

你的房子虽然贵一点,但也不要紧,过过冬再说吧。外国人家的房子,大半不坏,冬天装起火炉来,暖烘烘的住上三两月再说,房钱虽贵,我主张你是不必再搬的,一个人,还不比两个人,若冷冷清清的过着冬夜,那赶上上冰山一样了。也许你不然,我就不行,我总是这么没出息,虽然是三个月不见了,但没出息还是没出息。不过回去我是不回去的。奇来了时,你和明他们在一道也很热闹了。

钱到手就要没有的,要去买件夹外套,这几天就很冷了。余下的钱,我想在十一月一个整月就要不够。既住下去,钱少总害怕,而且怕生病,怕打仗。在这里是绝对孤独的。一百元不知能弄到不能?请你下一封信回我。总要有路费留在手里才放心。

这几天,火上得不小,嘴唇又全烧破了。其实一个人的死是必然的,但知道那道理是道理,情感上就总不行。我们刚来到上海的时候,另外不认识更多的一个人了。在冷清清的亭子间里读着他的信,只有他,安慰着两个飘泊的灵魂……写到此地鼻子就酸了。

均:童话未能开始,我也不做那计画了,太难,我的民间生活不够用的。现在开始一个两万字的,大约下月五号完毕。之后,就要来一个十万字的了,在十二月以内可以使你读到原稿。

日语懂了一些了。

日本乐器,"筝"在我的邻居家里响着。不敢说是思乡,也不敢说是思什么,但就总想哭。

什么也不再写下去了。

河清:我向你问好。

吟

十月廿九日

它就像一个伙伴似的陪着我

第二十六信（1936年11月2日发　东京→上海）

三郎：

廿四日的信，早接到了，汇票今天才来。

于达夫①的讲演今天听过了，会场不大，差一点没把门挤掉下来，我虽然是买了票的，但也和没有买票的一样，没有得到位置，是被压在了门口，还好，看人还不讨厌。

近来水果吃得很多，因为大便不通的缘故，每次大便必要流血。

东亚学校，十二月二十三日第一期终了了，第二期我打算到一个私人教授的地方去读，一方面是读读小说，二方面可以少费一些时间，这两个月什么也没有写，大概也许太忙了的缘故。

寄来那张译的原稿也读过了，很不错，文章刚发表就有人注意到了。

这里的天气还不算冷，房间里生了火盆，它就像一个伙伴似的陪着我。花，不买了，酒也不想喝，对于一切都不大有趣味，夜里看着窗棂和空空的四壁，对于一个年青的有热情的人，这

---

① 应为"郁达夫"。后同。

是绝大的残酷，但对于我还好，人到了中年总是能熬住一点火焰的。

珂要来就来吧！可能照理他的地方，照理他一点，不能的地方就让他自己找路去走。至于"被迫"，我也想不出来是被什么所迫。

奇她们已经安定下来了吧？两三年的工夫，就都兵荒马乱起来了，牵牛房的那些朋友们，都东流西散了。

许女士，也是命苦的人，小时候就死去了父母，她读书的时候，也是勉强挣扎着读的，她为人家做过家庭教师，还在课余替人家抄写过什么纸张，她被传染了猩红热的时候是在朋友的父亲家里养好的。这可见她过去的孤零，可是现在又孤零了。孩子还小，还不能懂得母亲。既然住得很近，你可替我多跑两蹚①。别的朋友也可约同他们常到她家去玩，L.没有完成的事业，我们是接受下来了，但他的爱人，留给谁了呢？

不写了，祝好。

荣子
十一月二日

---

① 现用"趟"。后同。

我不愿再妨害你,你有你的自由

第二十七信(1936年11月6日发,11月12日复　东京→上海)

均:

《第三代》写得不错,虽然没有读到多少。

《为了爱的缘故》也读过了,你真是还记得很清楚,我把那些小节都模糊了去。

不知为什么,又来了四十元的汇票,是从邮局寄来的,也许你怕上次的没有接到?

我每天还是四点的功课,自己以为日语懂了一些,但找一本书一读还是什么也不知道。还不行,大概再有两月许是将就着可以读了吧?但愿自己是这样。

奇来了没有?

你的房子还是不要搬,我的意思是如此。

在那《爱……》的文章里面,芹简直和幽灵差不多了,读了使自己感到了颤栗,因为自己也不认识自己了。我想我们吵嘴之类,也都是因为了那样的根源——就是为一个人的打算,还是为多数人打算。从此我可就不愿再那样防。防①害你了。你有你的自由了。

  祝好。

             吟

            十一月六日

手套我还没有寄出,因为我还要给河清买一副。

---

① 应为"妨"。

寄出手套两副,河清一副,你一副

第二十八信(1936年11月9日发,11月17日复 东京→上海)

均:

昨夜接到一信,今晨接到一信。

关于回忆L.一类的文章,一时写不出,不是文章难作,倒是情绪方面难以处理。本来是活人,强要说他死了,一这么想,就非常难过。

许,她还关心别人?她自己就够使人关心的了。

"刊物"是怎样性质呢?和《中流》差不多?为什么老胡就连文章也不常见了呢?现在寄出手套两副,河清一副,你一副。

短篇没有写完。完时即寄出。

祝好。

荣子
十一月九日

这不是我们的黄金时代吗

第二十九信（1936年11月19日发，11月ＸＸ日到　东京→上海）

均：

因为夜里发烧，一个月来，就是嘴唇，这一块那一块的破着，精神也烦躁得很，所以一直把工作停了下来。想了些无用的和辽远的想头。文章一时寄不去。

买了三张画，东墙上一张南墙上一张北墙上一张。一张是一男一女在长廊上相会，廊口处站着一个弹琴的女人。还有一张是关于战争的，在一个破屋子里把花瓶打碎了，因为喝了酒，军人穿着绿裤子就跳舞。我最喜欢的是第三张，一个小孩睡在檐下了，在椅子上，靠着软枕。旁边来了的，大概是她的母亲，在栅栏外肩着大镰刀的大概是她的父亲。那檐下方块石头的廊道，那远处微红的晚天，那茅草的屋檐，檐下开着的格窗，那孩子双双的垂着两条小腿。真是好，不瞒你说，因为看到了那女孩好像看到了自己似的，我小的时候就是那样，所以我很爱她。

投主称王，这是要费一些心思的，但也不必太费，反正自己最重要的是工作，为大体着想，也是工作。聚合能工作一方面的，有个团体，力量可能充足，我想主要的特色是在人上，自己来吧，投什么主，谁配作主？去他妈的。说到这里，不能不伤心，我们的老将去了还不几天啊！

关于周先生的全集，能不能很快地集起来呢？我想中国人集中国人的文章总比日本集他的方便，这里，在十一月里他的全集就要出版，这真可佩服。我想找胡、聂、黄等诸人，立刻就商量起来。

《商市街》被人家喜欢，也很感谢。

莉有信来，孩子死了，那孩子的命不大好，活着尽生病。

这里没有书看，有时候自己很生气。看看《水浒》吧！看着看着就睡着了，夜半里的头痛和恶梦对于我是非常坏。前夜就是那样醒来的，而不敢再睡了。

我的那瓶红色酒，到现在还是多半瓶，前天我偶然借了房东的锅子烧了点菜，就在火盆上烧的（对了，我还没告诉你，我已经买了火盆，前天是星期日，我来试试）。小桌子，摆好了，但吃起来不是滋味，于是反受了感触，我虽不是什么多情的人，但也有些感触，于是把房东的孩子唤来，对面吃了。

地震，真是骇人，小的没有什么，上次震得可不小，两三分钟，房子格格的响着，表在墙上摇着。天还未明，我开了灯，也被震灭了，我梦里梦中的穿着短衣裳跑下楼去，房东也起来了，他们好像要逃的样子，隔壁的老太婆叫唤着我，开着门，人却没有应声，等她看到我是在楼下，大家大笑了一场。

纸烟向来不抽了，可是近几天忽然又挂在嘴上。

胃很好，很能吃，就好像我们在顶穷的时候那样，就连块面包皮也是喜欢的，点心之类，不敢买，买了就放不下。也许因为日本饭没有油水的关系，早饭一毛钱，晚饭两毛钱，中午两片面包一瓶牛奶。越能吃，我越节制着它。我想胃病好了也就是这原因。但是闲饥难忍，这是不错的。但就把自己部置①到这里了，精神上的不能忍也忍了下去，何况这一个饥呢？

又收到了五十元的汇票，不少了。你的费用也不小，再有钱就留下你用吧，明年一月末，照预算是够了的。

前些日子，总梦想着今冬要去滑冰，这里的别的东西都贵，只有滑冰鞋又好又便宜，旧货店门口，挂着的崭新的，简直看不出是旧货，鞋和刀子都好，十一元。还有八九元的也好。但滑冰场一点钟的门票五角。还离得很远，车钱不算，我合计一下，这干不得。我又打算随时买一点旧画，中国是没处买的，一方面留着带回国去，一方面围着火炉看一看，消消寂寞。

均：你是还没过过这样的生活，和蛹一样，自己被卷在茧里去了。希望固然有，目的也固然有，但是都那么远和那么大。人尽靠着远的和大的来生活是不行的，虽然生活是为着将来而不是为着现在。

窗上洒满着白月的当儿，我愿意关了灯，坐下来沉默一些时候，就在这沉默中，忽然像有警钟似的来到我的心上："这不就是我的黄金时代吗？此刻。"于是我摸着桌布，回身摸着藤椅的边沿，而后把手举到面前，模模糊糊的，但确认定这是自己的手，而后再看到那单细的窗棂上去。是的，自己就在日本。自由和舒适，平静和安闲，经济一点也不压迫，这真是黄金时代，但又是多么寂寞的黄金时代呀！别人的黄金时代是舒展着翅膀过

---

① 现用"布置"。

的，而我的黄金时代，是在笼子过的。从此我又想到了别的，什么事来到我这里就不对了，也不是时候了。对于自己的平安，显然是有些不惯，所以又爱这平安，又怕这平安。

均：上面又写了一些怕又引起你误解的一些话，因为一向你看得我很弱。

前天我还给奇一信。这信就给她看看吧！

许君处，替我问候。

吟

十一月十九日

作了"太太"就愚蠢了

第三十信（1936年11月24日发，12月2日复　东京→上海）

三郎：

我忽（然）间想起来了，姚克不是在电影方面活动吗？那个《弃儿》的脚本，我想一想很够一个影戏的格式，不好再修改和整理一下给他去上演吗？得进一步，就进一步，除开文章的领域，再另外抓到一个启发人们灵魂的境界。况且在现时代影戏也是一大部分传达情感的好工具。

这里，明天我去听一个日本人的讲演，是一个政治上的命题。我已经买了票，五角钱，听两次，下一次还有郁达夫，听一听试试。

近两天来，头痛了多次，有药吃，也总不要紧，但心情不好，这也没什么，过两天就好了。

《桥》也出版了？那么《绿叶的故事》也出版了吧？关于这两本书我的兴味都不高。

现在我所高兴的就是日文进步很快，一本《文学案内》翻来翻去，读懂了一些。是不错，大半都懂了，两个多月的工夫，这成绩，在我就很知足了。倒是日语容易得很，别国的文字，读上两年也没有这成绩。

许的信，还没写，不知道说什么好，我怕目的是想安慰她，相反的，又要引起她的悲哀来。你见着她家的那两个老娘姨也说我问她们好。

你一定要去买一个软一点的枕头，否则使我不放心，因为我一睡到这枕头上，我就想起来了，很硬，头痛与枕头大有关系。

黑人现在怎么样？

我对于绘画总是很有趣味，我想将来我一定要在那上面用工夫的。我有一个到法国去研究画的欲望，听人说，一个月只要一百元。在这个地方也要五十元的。况且在法国可以随时找点工作。

现在我随时记下来一些短句，我不寄给你，打算寄给河清，因为你一看，就非成了"寂寂寞寞"不可，生人看看，或者有点新的趣味。

到墓地去烧刊物，这真是"洋迷信""洋乡愚"，说来又伤心，写好的原稿也烧去让他改改，回头再发表吧！烧刊物虽愚蠢，但情感是深刻的。

这又是深夜，并且躺着写信。现在不到十二点，我是睡不下的，不怪说，作了"太太"就愚蠢了，从此看来，大半是愚蠢的。

祝好。

荣子
十一月廿四日

我孤独得和一张草叶似的了

第三十一信（1936年12月5日发，12月ＸＸ日到　东京→上海）

三郎：

你且不要太猛撞，我是知道近来你们那地方的气候是不大好的。

孙梅陵也来了，夫妻两个？

珂到上海来，竟来得这样快，真是使我吃惊。暂时让他住在那里吧！我也是不能给他决定，看他来信再说。

我并不是吹牛，我是真去听了，并且还听懂了，你先不用忌妒，我告诉你，是有翻译的。

你的大琴的经过，好像小说上的故事似的，带着它去修理，反而更打碎了它。

不过说翻译小说那件事，只得由你选了，手里没有书，那一块喜欢和不喜欢也忘记了。

我想《发誓》的那段好，还是最后的那段？不然就《手》或者《家族以外的人》吧！作品少，也就不容易选择了。随便。自传的五六百字，三二日之间当作好。

清说：你近来的喝酒是在报复我的吃烟，这不应该了，你不能和一个草叶来分胜负，真的，我孤独得和一张草叶似的了。我们刚来上海时,那滋味你是忘记了,而我又在开头尝着。

祝好。

荣子

十二月五日

这样的大变动使我们惊慌了一天

第三十二信（1936年12月15日发，12月22日复　东京→上海）

三郎：

　　我没有迟疑过，我一直是没有回去的意思，那不过偶尔说着玩的。至于有一次真想回去，那是外来的原因，而不（是）我自己的自动。

　　大概你又忘了，夜里又吃东西了吧？夜里在外国酒店喝酒，同时也要吃点下酒的东西的，是不是？不要吃，夜里吃东西在你很不合适。

　　你的被子比我的还薄，不用说是不合用的了，连我的夜里也是凉凉的。你自己用三块钱去买一张棉花，把你的被子带到淑奇家去，请她替你把棉花加进去。如若手头有钱，就到外国店铺买一张被子，免得烦劳人。

　　我告诉你的话，你一样也不做，虽然小事，你就总使我不安心。

　　身体是不很佳，自己也说不出有什么毛病，沈女士近来一见到就说我的面孔是膨胀的，并且苍白。我也相信，也不大相信，因为一向是这个样子，就没稀奇了。

　　前天又重头痛一次，这虽然不能怎样很重的打击了我（因为痛惯了的缘故），但当时那种切实的痛苦无论如何也是真切的感到。算来头痛已经四五年了，这四五年中头痛药不知吃了多少。当痛楚一来到时，也想赶快把它医好吧，但一停止了痛楚，又总是不必了。因为头痛不至于死，现在是有钱了，连这样小病也不得了起来，不是连吃饭的钱也刚刚不成问题吗？所以还是不回去。

人们都说我身（体）不好，其实我的身（体）是很好的，若换一个人，给他四五年间不断的头痛，我想不知道他的身体还好不好？所以我相信我自己是健康的。

周先生的画片，我是连看也不愿意看的，看了就难过。海婴想爸爸不想？

这地方，对于我是一点留恋也没有，若回去就不用想再来了，所以莫如一起多住些日子。

现在很多的话，都可以懂了，即是找找房子，与房东办办交涉也差不多行了。大概这因为东亚学校钟点太多，先生在课堂上多半也是说日本话的。现在想起初来日本的时候，华走了以后的时候，那真是困难到极点了。几乎是熬不住。

珂，既然家有信来，还是要好好替他打算一下，把利害说给他，取决当然在于他自己了，我离得这样远，关于他的情形，我总不能十分知道，上次你的信是问我的意见，当时我也不知为什么他来到了上海。他已经有信来，大半是为了找我们，固然他有他的痛苦，可是找到了我们，能知道他接着就又不有新的痛苦吗？虽然他给我的信上说着"我并不忧于流浪"，而且又说，他将来要找一点事做，以维持生活，我是知道的,上海找事,那里找去。我是总怕他的生活成问题,又年轻,精神方面又敏感,若一下子挣扎不好,就要失掉了永久的力量。我看既然与家庭没有断掉关系,可以到北平去读书,若不愿意重来这里的话。

这里短时间住住则可,把日语学学,长了是熬不住的,若留学,这里我也不赞成,日本比我们中国还病态,还干苦①,这里没有健康的灵魂,不是生活。中国人的灵魂在全世界中说起来,就是病态的灵魂,到了日本,日本比我们更病态。既是中国人,就更不应该来到日本留学。他们人民的生活,一点自由也没有,一天到晚,连一点声音也听不到,所有的住宅都像空着,而且没有住人的样子。一天到晚歌声是没有的,哭笑声也都没有。夜里从窗子往外看去,家屋就都黑了,灯光也都被关在板窗里面。日本人民的生活,真是可怜,只有工作,工作得和鬼一样,所以他们的生活完全是阴森的。中国人有一种民族的病态,我们想改正它还来不及,再到这个地方和日本人学习,这是一种病态上再加上病态。我说的不是日本没有可学的,所差的只是它的不健康处也正是我们的不健康处,为着健康起见,好处也只得丢开了。

再说另一件事,明年春天,你可以自己再到自己所愿的地方去逍遥一蹚。我就只逍遥在这里了。

礼拜六夜(即十二日),我是住在沈女士住所的,早晨天还未明,就读到了报纸,这样的大变动使我们惊慌了一天,上海究

---

① 应为"枯"。

竟怎么样，只有等着你的来信。

新年好。

荣子
十二月十五日

"日本东京麹町区"，只要如此写，不必加标点。

今日东京大风而奇暖

第三十三信（1936年12月18日发，12月25日复　东京→上海）

三郎：

今日东京大风而奇暖。

很有新年的气味了，在街上走走反倒不舒服起来了，人家欢欢乐乐，但是与我无关，所谓趣味，则就必有我，倘若无我，那就一切无所谓了。

我想今天该有信了，可是还没有。失望失望。

学校只有四天课了，完了就要休息十天，而后再说，或是另外寻先生，或是仍在那个学校读下去。

我很想看看奇和珂，但也不能因此就回来，也就算了。

一月里要出的刊物，这回怕是不能成功的吧？你们忙一些什么？离着远了，而还要时时想着你们这方面，真是不舒服，莫如索性问也不问，连听也不听。

三代这回可真得搬家了，开开玩笑的事情，这回可成了真的。

新年了，没有别的所要的，只是希望寄几本小说来，不用挂号，丢不了。《复活》，新出的《骑马而去的妇人》，还有别的我也想不出来，总之在这期中，那怕有多少书也要读空的，可惜要读的时候,书反而没有了。我不知你寄书有什么不方便处没有?若不便,那就不敢劳驾了。

祝好。

荣子

十二月十八日夜。

三匹小猫是给奇的。

奇的住址,是"巴里",是什么里,她写得不清,上一封信,不知道她接到不接到,我是寄到"巴里"的。

勿劳念念耳

第三十四信（1937年12月末日发，1937年1月10日复　东京→上海）

军：

你亦人也，吾亦人也，你则健康，我则多病，常兴健牛与病驴之感，故每暗中惭愧。

现在头亦不痛，脚亦不痛，勿劳念念耳。

专此

年禧。

莹

十二月末日

新年都没有什么乐事可告

第三十五信（1936年1月4日发，1月12日到　东京→上海）

军：

新年都没有什么乐事可告，只是邻居着了一场大火。我却没有受惊，因在沈女士处过夜。

二号接到你的一封信，也接到珂的信。这是他关于你（的）鉴赏。今寄上。

祝好。

荣子
一月四日

附：张秀珂给萧红关于萧军印象的信：

有一件事，我高兴说给你：

军，虽然以前我们没会过面，然而我从像片和书中看到他的豪爽和强烈的正义感，不过待到这几天的相处以来，更加证实、更加逼真。昨天我们一同吃西餐，在席上略微饮点酒，出来时，我看他脸很红，好像为一件感情所激动。我虽然不明白，然而我了解他，我觉得喜欢且可爱！

他们的欢喜不知是从哪里得来

第三十六信（1937年4月25日发，4月29日到　北京→上海）

军：

　　现在是下午两点，火车摇得很厉害，几乎写不成字。

　　火车已经过了黄河桥，但我的心好像仍然在悬空着。一路上看些被砍折的秃树，白色的鸭鹅和一些从西安回来的东北军。马匹就在铁道旁吃草，也有的成排的站在运货的车厢里边，马的背脊成了一条线，好像鱼的背脊一样。而车厢上则写着津浦。

　　我带的苹果吃了一个，纸烟只吃了三两棵。一切欲望好像都不怎样大，只觉得厌烦，厌烦。

　　这是第三天的上午九时，车停在一个小站，这时候我坐在会客室里，窗外平地上尽是些坟墓，远处并且飞着乌鸦和别的大鸟。从昨夜已经是来在了北方。今晨起得很早，因为天晴太阳好，贪看一些野景。

　　不知你正在思索一些什么？

　　方才经过了两片梨树地，很好看的，在朝雾里边它们隐隐约约的发着白色。

　　东北军从并行的一条铁道上被运过去那么许多，不仅是一两蹚车，我看见的就有三四次了。他们都弄得和泥猴一样，它们和马匹一样在冒着小雨,它们的欢喜不知是从哪里得来,还闹着笑着。

车一开起来,字就写不好了。

唐官一带的土地,还保持着土地原来的颜色。有的正在下种,有的黑牛或白马在上面拉着犁杖。

这信本想昨天就寄,但没找到邮筒,写着看吧!

刚一到来,我就到了迎贤公寓,不好。于是就到了中央饭店住下,一天两块钱。

立刻我就去找周的家,这真是怪事,那里有?洋车跑到宣外,问了警察,也说太平桥只在宣内,宣外另有个别的桥,究竟是个什么桥,我也不知道。于是就跑到宣内的太平桥,二十五号是找到了,但没有姓周的,无论姓什么的也没有,只是一家粮米铺。于是我游了我的旧居,那已经改成一家公寓了。我又找了姓胡的旧同学,门房说是胡小姐已经不在,那意思大概是出嫁了。

北平的尘土几乎是把我的眼睛迷住,使我真是恼丧,那种破落的滋味立刻浮上心头。

于是我跑到李镜之七年前他在那里做事的学校去,真是七年间相同一日,他仍在那里做事。听差告诉我,他的家就住在学校的旁边,当时实在使我难以相信。我跑到他家里去,看到儿女一大群。于是又知道了李洁吾,他也有一个小孩了,晚饭就吃在他家里,他太太烧的面条。饭后谈了一些时候,关于我的消息,知道得不少,有的是从文章上得知,有的是从传言。九时许,他送出胡同来,替我叫了洋车,我自归来就寝。总算不错,到底有个熟人。

明天他们替我看房子,旅馆不能多住的,明天就有了决定。

并且我还要到宣外去找那个什么桥,一定是你把地址弄错,不然绝不会找不到的。

祝你饮食和起居一切平安。

珂同此。

荣子

四月二十五日夜一时。

我很想念我的小屋

第三十七信（1937年4月27日发，5月2日到 北京→上海）

均：

前天下午搬到洁吾家来住，我自己占据了一间房。二三日内我就搬到北辰宫去住下，这里一个人找房子很难，而且一时不容易找到。北辰宫是个公寓，比较阔气，房租每月二十四也或者三十元，因为一间空房没有，所以暂且等待两天。前天为了房子的事，我很着急。思索了半天才下了决心，住吧！或者能够多做点事，有点代价就什么都有了。

现在他们夫妇都出去了，在院心我替他们看管孩子。院心种着两棵梨树，正开着白花。公园或是北海，我还没有去过，坐在家里和他们闲谈了两天，知道他们夫妇彼此各有痛苦。我真奇怪，谁家都是这样，这真是发疯的社会。可笑的是我竟成了老大哥一样给他们说着道理。

淑奇这两天来没有来？你的精神怎么样？珂的事情决定了没有？我本想寄航空信给你，但邮政总局离得太远，你一定等信等得很急。

《八月》和《生》①这地方老早就已买不到了，不知是什么原因，至于翻版更不得见。请各寄两本来，送送朋友。洁吾关于我们的生活从文字上知道的。差不多我们的文章他全读过，就连《大连丸》②他也读过，他常常想着你的长相如何？等看到了照像看了好多时候。他说你是很厉害的人物，并且有派力。我听之很替你高兴。他说从《第三代》上就能看得出来。

虽然来到了四五天，还没有安心，等搬了一定的住处就好了。

你喝酒多少？

我很想念我的小屋，花盆浇水了没有？

昨天夜里就搬到北辰宫来，房间不算好，每月廿四元。

住着看，也许住上五天六天的，在这期间我自己出去观看民房。

到今天已是一个礼拜了，还是安不下心来，人这动物，真不是好动物。

周家我暂时不去了，等你来信再说。

写信请寄到北平东城北池子头条七号李家即可。

你的那篇东西做出去没有？

祝好

荣子

四月廿七日

---

① 指萧军写的《八月的乡村》和萧红写的《生死场》。
② 指萧军写的《大连丸上》。

我希望快来信

第三十八信（1937年5月3日发，5月6日即复　北京→上海）

军：

昨天看的电影：《茶花女》。还好。今天到东安市场吃完饭回来，睡了一觉，现在是下午六点，在我未开笔写这信的之前，是在读《海上述林》。很好，读得很有趣味。

但心情又和在日本差不多，虽然有两个熟人，也还是差不多。

我一定应该工作的，工作起来，就一切充实了。

你不要喝酒了，听人说，酒能够伤肝，若有了肝病，那是不好治的。就（是）所谓肝气病。

北平虽然吃的①好，但一个人吃起来不是滋味。于是也就马马虎虎了。

我想你应该有信来了，不见你的信，好像总有一件事，我希望快来信！

珂好！

---

① 现用"得"。后同。

奇好!

你也好!

　　　　　　　　　　　　　荣子

　　　　　　　　　　　　　　五月三日

通讯：北平东城北池子头条七号李家转。

我常常怀疑自己

第三十九信（1937年5月4日发　北京→上海）

军：

　　昨天又寄一信，我总觉我的信都寄得那么慢，不然为什么已经这些天了还没能知道一点你的消息？其实是我个人性急而不推想一下邮便所必须费去的日子。

　　连这封信，是第四封了。我想那时候我真是为别离所慌乱了，不然又为什么写错了一个号数？就连昨天寄的这信，也写的是那个错的号数，不知可能不丢么？

　　我虽写信并不写什么痛苦的字眼，说话也尽是欢乐的话语，但我的心就像被浸在毒汁里那么黑暗，浸得久了，或者我的心会被淹死的，我知道这是不对，我时时在批判着自己，但这是情感，我批判不了。我知道炎暑是并不长久的，过了炎暑大概就可以来了秋凉。但明明是知道，明明又作不到。正在口渴的那一刻，觉得口渴那个真理，就是世界上顶高的真理。

　　既然那样我看你还是搬个家的好。

　　关于珂，我主张既然能够去江西，还是去江西的好，我们的生活还没有一定，他也跟着跑来跑去，还不如让他去安定一个时期，或者上冬，我们有一定了，再让他来。年青人吃点苦好，总比有苦留着后来吃强。

昨天我又去找周家一次,这次是宣武门外的那个桥,达智桥,二十五号也找到了,巧得很,也是个粮米店,并没有任何住户。

这几天我又恢复了夜里害怕的毛病,并且在梦中常常生起死的那个观念。

痛苦的人生啊!服毒的人生啊!

我常常怀疑自己或者我怕是忍耐不住了吧?我的神经或者比丝线还细了吧?

我是多么替自己避免着这种想头,但还有比正在经验着的还更真切的吗?我现在就正在经验着。

我哭,我也是不能哭。不允许我哭,失掉了哭的自由了。我不知为什么把自己弄得这样,连精神都给自己上了加①锁了。

这回的心情还不比去日本的心情,什么能救了我呀!上帝!什么能救了我呀!我一定要用那只曾经把我建设起来的那只手把自己来打碎吗?

祝好!

         荣子

           五月四日晚。

所有我们的书,若有精装请各寄一本来。

---

① 应为"枷"。

每天看天一小时会变成美人

第四十信（1937年5月9日发，5月12日到　北京→上海）

军：

我今天接到你的信就跑回来写信的，但没有寄，心情不好，我想你读了也不好，因为我是哭着写的，接你两封信，哭了两回。

这几天也还是天天到李家去，不过待不多久。

我在东安市场吃饭，每顿不到两毛，味极佳。羊肉面一毛钱一碗。再加两个花卷，或者再来个炒素菜。一共才是两角。可惜我对着这样的好饭菜，没能喝上一盅，抱歉。

六号那天也是写了一信，也是没寄。你的饮食我想还是照旧，饼干买了没有？多吃点水果。

你来信说每天看天一小时会变成美人，这个是办不到的，说起来伤心，我自幼就喜欢看天，一直看到现在还是喜欢看，但我并没变成美人，若是真是，我又何能东西奔波呢？可见美人自有美人在。（这个话开玩笑也。）

奇是不可靠的，黑人来李家找我。这是她之所嘱。和李太太，我，三个人逛了北海。我已经是离开上海半月多了，心绪仍是乱绞，我想我这是走的败路。但我不愿意多说。

《海上述林》读毕，并请把《安娜可林娜》[①]寄来一读。还有《冰岛渔夫》，还有《猎人日记》。这书寄来给洁吾读。不必挂号。若有什么可读的书，就请随掷来，存在李家不会丢失，等离上海时也方便。

我的长篇并没有计划，但此时我并不过于自责，如你所说："为了恋爱，而忘掉了人民，女人的性格啊！自私啊！"从前，我也这样想，可是现在我不了，因为我看见男子为了并不怎值得爱的女子，不但忘了人民，而且忘了性命。何况我还没有忘了性命，就是忘了性命也是值得呀！在人生的路上，总算有一个时期在我的脚迹旁边，也踏着他的脚迹。总算两个灵魂和两根琴弦似的互相调谐过。[②]（这一句似乎有点特别高攀，故涂去。）

笔墨都买了，要写大字。但房子有是有，和人家住一个院不方便。至于立合同，等你来时再说吧！

祝你好！上帝给你健康！

荣子
五月九日

[①] 现译作《安娜·卡列尼娜》。
[②] 这句话在原信上写了又用笔划去了。

你要多吃水果

第四十一信（1937年5月11日发　北京→上海）

军：

今晨写了一信，又未寄。

精神不甚好，写了一张大字，写得亦不好，等写好时寄给你一张当做字画。

卢骚①的《忏悔录》快读完了，尽是些与女人的故事。

洁吾家我亦不愿多坐，那是个沉闷的家庭。

我现在的房子太贵，想租民房，又讨厌麻烦。

我看你还是搬一搬家好，常住一个很熟的地方不大好。

昨天下午，无聊之甚，跑到北海去坐了两个钟头，女人真是倒霉，即是逛逛公园也要让人家左一眼右一眼的看来看去，看得不自在。

今天很热，睡了一觉。

送②饭馆子出来几乎没有跌倒，不知为什么像是服毒那么个滋味。睡了一觉好了。

---

① 现译作卢梭。
② 应为"从"。

你要多吃水果,因为菜类一定吃得很少。

祝好!

            荣子

              五月十一日

你说的是道理,我应该去照做

第四十二信(1937年5月15日发,5月17日到 北京→上海)

军:

前天去逛了长城,是同黑人一块去的。真伟大,那些山比海洋更能震惊人的灵魂。到日暮的时候,起了大风,那风声好像海声一样,《吊古战场文》上所说:风悲日薰①。群山纠纷。这就正是这种景况。

夜十一时归来,疲乏得很,因为去长城的前夜,和黑人一同去看戏,因为他的公寓关门太早的缘故,就住在我的地板上,因为过惯了有纪律的生活,觉得很窘,所以通夜失眠。

你寄来的书,昨天接到了,前后接到两次,第一次四本,第二次六本。

你来的信也都接到的,最后这回规劝的信也接到的。

我很赞成,你说的是道理,我应该去照做。

祝好!

荣子

五月十五日

奇不另写了,这里有在长城上得到的小花,请你分给她几棵。

---

① 应为"曛"。

我是不能不哭了

第四十三信（1936年10月24日发　东京→上海）

军：

关于周先生的死，二十一日的报上，我就渺渺茫茫知道一点，但我不相信自己是对的，我跑去问了那唯一的熟人，她说："你是不懂日本文的，你看错了。"我很希望我是看错，所以很安心的回来了，虽然去的时候是流着眼泪。

昨夜，我是不能不哭了。我看到一张中国报上清清楚楚登着他的照片，而且是那么痛苦的一刻。可惜我的哭声不能和你们的哭声混在一道。

现在他已经是离开我们五天了，不知现在他睡到那里去了？虽然在三个月前向他告别的时候，他是坐在藤椅上，而且说："每到码头，就有验病的上来，不要怕，中国人就专会吓唬中国人，茶房就会说，验病的来啦！来啦！……"

我等着你的信来。

可怕的是许女士的悲痛，想个法子，好好安慰着她，最好是使她不要静下来，多多的和她来往。过了这一个最难忍的痛苦的初期，以后总是比开头容易平伏下来。还有那孩子，我真不能够想象了。我想一步踏了回来，这想象的时间，在一个完全孤独了的人是多么可怕!

　　最后你替我去送一个花圈或是什么。

　　告诉许女士：看在孩子的面上，不要太多哭。

　　　　　　　　　　　　　　　　红

　　　　　　　　　　　　　　　十月二十四日

第二章
萧军致萧红

萧红与萧军因感情出现危机想彼此分开冷静一下，萧红一个人在异国他乡陷入了对家乡和对萧军的无限思念中，萧军却与别人坠入爱河。而这个与萧军热恋的人，居然是二萧共同的朋友黄源的妻子许粤华。许粤华在萧红刚到日本的时候帮助她租房子，带着她熟悉环境，萧红对许粤华既有几分依赖之情又充满了感激。萧红万万没想到的是自己的爱人居然和曾经帮助过自己的好友走到了一起。萧红隐约知道二人的这段情感后，一直隐忍着，她没有直接质问萧军这一切是怎么回事。

　　令人费解的是萧军和许粤华的恋爱，作为许粤华的丈夫黄源自始至终都是知道的。他开始的时候对这段感情采取了包容的态度，既不想失去爱人又不想失去朋友。最终黄源决定成全二人与妻子离婚，希望萧军和许粤华的感情能有个结果。当黄源做出让步的时候，萧军却以萧红为借口中断了这场荒唐的恋爱。萧红不知道该如何面对萧军，这个和别的女人藕断丝连却每晚都和自己睡在一张床上的男人让她觉得苦闷而窒息。无法忍受这样同床异梦的日子，萧红决定逃离上海，一个人去北平散散心。在北平期间，萧红仍旧与萧军通信。

在萧红离开的一个多月里,萧军没有交往的其他女性对象,他越发觉得自己是离不开萧红的。萧军与萧红的通信也越来越频繁,萧军在信中写了不少甜言蜜语,萧红曾经对萧军的失望和不满都烟消云散了。萧军希望萧红尽快回到上海,在写给萧红的信中写道:"我今日睡眠又不甚好,恐又要旧病复发。如你愿意,请即见信后,束装来沪。"萧红看到信件后,即刻整理行装,以最快的速度回到了萧军身边。

在后来的岁月里,萧红随萧军先后辗转武汉、临汾等地。在无数次的分歧、争吵之后,萧红与萧军的感情还是走到了尽头。

萧军——这个萧红一生最爱的男人,在她短暂的生命中有着不可替代的位置,他曾是萧红最无助时坚实的依靠,给过萧红无限的甜蜜和温馨,也给萧红带来过深深的伤害与疼痛。

我们并不知道这段爱情是甜蜜多还是疼痛多,但是从两人的字里行间我们可以看到他们一定深深爱过彼此,这已经足够。

我心残缺

第一信（1937年5月2日发　上海→北京）

吟：

　　前后两信均收到了。你把弄堂的号码写错了，那是二五六，而你却写了二五七。虽然错了也收到。

　　今晨鹿地夫妇来过，为了我们校正文章。那篇文章我已写好，约有六千字的样子，昨夜他翻好四分之三的样子，明晨我到他们那里去（他们已搬到环龙路来）再校一次，就可以寄出了。其中关于女作者方面，我只提到您和白朗。

　　秀珂很好，他每天到我这里来一次，坐的工夫也不小，他对什么全感到很浓重的兴趣，这现象很好。江西，我已经不想要他去了，将来他也许仍留上海或去北平。奇来过一次，你的第一封信她已看过了。今天在电车上碰到了她，明，还有老太太，他们一同去兆丰公园了，因为老太太（过）几天要去汉口。

　　三十日的晚饭是吃在虹他们家里，有老唐，金，白薇（她最近也要来北平治病了，问你的地址，我说我还不知道）。吃的春饼。在我进门的时候，虹紧紧握了我的手，大约这就是表示和解！直到十二时，我才归来。

　　踏着和福履路并行的北面那条路，我唱着走回来。天微落着雨。

　　昨夜，我是唱着归来，
　　——孤独地踏着小雨的大街。
　　一遍，一遍，又一遍……
　　全是那一个曲调：
　　"我心残缺……"
　　我是要哭的……
　　可是夜深了，怕惊扰了别人，
　　所以还是唱着归来：
　　"我心残缺……"

　　我不怨爱过我的人儿薄幸，
　　却自怨自己的痴情！

　　吟，这是我作的诗，你只当"诗"看好了，不要生气，也不要动情。
　　在送你归来的夜间，途中和珂还吃了一点排骨面。回来在日记册上我写了下面几句话：
　　"这是夜间的一时十分。
　　她走了！送她回来，我看着那空旷的床，我要哭，但是没有泪，我知道，世界上只有她才是真正爱我的人。但是她走了……"
　　吟，你接到这封信，不要惦记我，此时我已经安宁多了。不过过去这几天是艰难地忍受过来了！于今我已经懂得了接受痛苦，处理它，消灭它……酒不再喝了（胃有点不好，鼻子烧破了）（。）在我的小床边虽然排着一列小酒瓶，其中两个瓶里还有酒，但是我已不再动它们。我为什么要毁灭我自己呢？我用这一点对抗那酒的诱惑！吟，我有这过去两次恋爱——一个少女，一个少妇——她们给我的创痛，亲手毁灭了我呀！我真有点战栗着将来……关于黄，我已经不想闻问他们了，只是去过一封信，教他把经手的事务赶快结清。大约过些时日，他们会有信来。

偶尔我也吃一两枝香烟。

周处既找不到，就不必找了。既然有洁吾，他总会帮助你一切的，这使我更安心些。好好安心创作吧，不要焦急。我必须要按着我预定的时日离开上海的。因为我一走，珂更显着孤单了。你走后的第二天早晨，就有一个日本女世界语同志来寻你，还有一个男人（由日本新回来的，东北人）系由乐写来的介绍信，地址是我们楼下姓段的说的。现在知道我地址的人，大约不少了，但是也由它去罢。

《日本评论》（五月号）载有关于我的一段文章，你可以到日本书局部翻看翻看（小田岳夫作）。

花盆你走后是每天浇水的，可是最近忘了两天，它就憔悴了，今天我又浇了它，现在是放在门边的小柜上晒太阳。小屋是没什么好想的，不过，人一离开，就觉得什么全珍奇了。

我有时也到鹿地处坐坐，许那里也去坐坐，也看看电影，再过两天，我将计画工作了。

夏天我们还是到青岛过去。

有工夫也给奇和珂写点信，省得他们失望。

今天是星期日,好容易雨不落了,出来太阳。

你要想知道的全写出来了。这封信原拟用航空寄出,因为今天星期,还是平寄罢。

祝你获得点新的快乐!

你的小狗熊
五月二日

我想到今天会有你的信来

第二信（1937年5月6日发　上海→北京）

吟：

　　我想到今天会有你的信来，果然在我一进门，在那门旁的镜台边站着一封信，那是我的。

　　几乎成了习惯，在我一回来或是一出去，总要掀一掀门上的信柜盖，也明知道有信是不放在那里的，或者已经过了来信的时候……但是总要掀……甚至对于明知不是自己的信，也要拿起看一看。

　　现在是下午两点三十五分。我将从许那里归来。好容易晴了两天，今天又落起雨来，因为怕湿了这仅有的一双鞋子和新衣服，便坐了一次车。从搬到这里，这还是第一次坐车回家呢。

　　许有三册书，由我介绍到一家印刷局付印，我担任校一次校样，还有一点抄录的工作，今天我把珂介绍去了，他正在那里抄录。

　　珂的世界语算告一段落了，那个报馆据说还有一线希望，不过我的意思如果他不乐意在上海住下去，那就去北平。九江，我想那是用不着去的，那对于他不相宜。现在还没决定。

　　奇他们很好，民已加入了一个剧团，他已有了角色（《钦差大臣》中的商会会长），看样子他很满意。金已搬到了他们一起，住在黑住过的那间房子。昨天晚饭我在那里吃的面条；老太太当晚去汉口，莉的职业辞了。黑也去北平了。

自从前封信说给你，我不再喝酒了，现在还是没喝。那剩余的酒还是摆在那里，我对于它们不再感到兴味。现在却偶尔也抽一枝烟，觉得抽烟的时候情绪很安宁。

心情已不像前几天那样烦乱！几天来虽没有工作什么，却有一种要工作的欲望，时时刻刻在激动着我，但是我要保留着它们到青岛，现在还不想做什么。

几日来我把整部的精神沉浸在读书里。正在读托尔斯大①的《安娜·卡列尼娜》！这真是一部好书，它简直迷惑了我！那里面的渥伦斯基，好像是在写我，虽然我没有他那样漂亮。

如今我已经有了一个治理自己的方法：早晨一睁眼（这时候是一切意念的开端，它会扰乱了整日的安宁！）我就说："我要健康，我要快乐，我要安宁，我要生活，我要工作下去……"，接着毫不拖延的就爬起来，恢复我原先不曾间断过的室内运动。完了就去洗脸，而后去公园（也许八点或八点半钟）（。）那里水池边新开了一个茶馆，要一杯红茶，也许吃一小包葡萄干，就开始读书或写点笔记了。也有时看跑叫着的孩子们……这样继续到十二点去吃午饭。饭后也许回来睡睡，也许去办办事务。临睡之前洗一个冷水澡，而后再读书到十二点，也是说着：

"我要健康，我要快乐，我要安宁，我要生活……"，就入

---

① 现译作"托尔斯泰"。

睡了。当然有时也想到你……（这是很邪恶的想法！）有时也弹弹那只琴。轻轻唱唱自己所会的歌。弹琴我已不用那个老法了（用一块铁，像瞎子似的摸着），现在我已能试验着手指按弦了。

这样我一天便没了什么波动……当然，我要想什么，我还是尽量想，甚至我的想像力全不愿想了，我还是催迫它想……直到它实在乏疲为止。我知道这不应该压制，压制是有害的。比方一只马它要跑，就任它跑好了，到力尽的时候，自然它要停止了。我现在的感情虽然很不好，但是我们正应该珍惜它们，这是给与我们从事艺术的人很宝贵的贡献。从这里我们会理解人类心理变化真正的过程！我希望你也要在这时机好好分析它，承受它，获得它的给与，或是把它们逐日逐时地记录下来。这是有用的。

大约在七月十日以前，我是可以离开此地的。还不足两月，我们又可以再见了。注意，现在安下心好好工作罢，那时我要看您的成绩咧。

在这两月中，我要帮同许把纪念册及那三本书弄完，再读点书，恐怕就没有什么成绩可出了。

有时我也要静静的躺在大床上（我已不在小床上睡了）从玻璃看着窗外的天和黄杨树那只要有一点风就闪颤不定的叶子们，心里很安宁。最近报上有人说，女人每天"看天"一小时，一个星期会变得婴儿似的美丽！我并不是想美丽，只是觉得心很安然、甜静①！你也可以这样试试看。也试试每天早晚我所说的那

---

① 现作"恬静"。

样话，这是心理治疗法，不是迷信或扯蛋。

一封信竟写了近乎五页稿纸了，这如果要当文章卖，是可以卖到六元钱呢！

信纸虽然有，但我却不乐意用它，喜欢用稿纸写。这是习惯。

你可以计画你的长篇或"印象记"了。两月之中总可以写一点的。如果你有机会，找一个地方每天运动一两小时，打网球或是什么。运动确是可以治疗寂寞。

这封信是坐在床边小圆桌上写的，因为这里的一扇窗子被我开开了，比较外屋要凉爽。

还是租一间比较好的房子，自己雇一个老妈子，这样比较好些，住公寓是不好的。如果房子比较好，可和他们订合同租一年或半年。多租两间没什么，冬天我们是准备在北平度的。

那几天因为尽喝酒，肝似乎有点不大好，鼻子也烧破了，现在已全好了。

最后告诉你一件事，我在学"足声舞"了，就是脚下带响动的那种舞。两月毕业，共十五元钱。学好了，将来好教你。

上海你要买什么吗？

就写在这里了。

你的小狗熊

五月六日下午三时四十五分

"讲道理"的信

第三信（1937年5月8日发　上海→北京）

孩子：

接到你的信，就想写回信，金人来，耽误下了。你的第三封信也收到了，我给你的信（第二封）今天也该收到了吧？收到这封信，我想你的情绪一定会好一些。

前两天寄去的四本书，不知收到没有？今天你要的书，明后天我就寄给你。

我正在校《十月十五日》的校样，今夜大约可校完。吃过晚饭以后，我预备去看《无国游民》影片。

你不必永在批判自己，这是没有用的，任它自然淹着去就是，如你所说：炎热过了，就是秋凉。我现在已近于秋凉状态了，但是我却怕要变成冬天，虽然冬天后头又是春天……

家，我是不想搬的，住在这里觉得舒服些。

周家，大约许是搬开了，那就不必找了。

临睡之前洗洗冷水浴，想法运动运动，这一定能减少你的骇怕①和不安。

---

① 现用"害怕"。

对无论什么痛苦，你总应该时时向它说："来吧！无论怎样多和重，我总要肩担起你来。"你应该像一个决斗的勇士似的对待你的痛苦，不要畏惧它，不要在它面前软弱了自己，这是羞耻！人生最大的关头，就是死，一死便什么全解决了。可是我们要拿这"死的精神"活下去！便什么全变得平凡和泰然。只要你回头一想想，多少波涛全被我们冲过来了，同样，这眼前无论什么样的艰苦的波涛，也一样会冲过去，将来我们也是一样的带着轻蔑和夸耀的微笑，回头看着它们。——现在就是需要忍耐。要退一步想，假设现在把你关进监牢里，漫漫长夜，连呼吸全没了自由，那时你将怎样？是死呢？还是活下来？可是我见过多少人，他们从黑发转到白发，总是忍耐地活下来……

　　因为我不想在这里说我的道理，那样你又要说我不了解你，教训你，你是自尊心很强烈的人。你又该说你的苦痛，全是我的赠与等……现在反来教训你等等……但是我的痛苦，我又怎来解释呢？我只好说这是我"自做自受"①，自家酿酒自家吃……我不想再推究这些原因。

　　前信我曾说过，你是这世界上真正认识我和真正爱我的人！也正为了这样，也是我自己痛苦的源泉。也是你的痛苦的源泉。可是我们不能够允许痛苦永久啮咬着我们，所以要寻求，试验各种解决的法子。就在这寻求和解决的途程中那是需要高度的忍耐，才能够获得一个补救的结果。否则，那一切全得破灭！你也

---

① 现用"自作自受"。

许会说破灭倒比忍受强些，不过我是不这样想的，凡事总应该寻求一个解决的办法，这才是人的责任，所谓理性的动物。否则闭起眼睛想要不看一切，逃避一切……结果是被一切所征服，而把自己毁灭了。凡事不能用诗人的浪漫的感情来处理，这是一种低能的、软弱的表现！自尊心强烈的人是不这样的。

我是用诸种方法来试验着减轻我的痛苦，现在很成功了。我希望你不要"束手无策"，要作一个能操纵，解决，把捉自己一切的人。不要无力！要寻找，忍耐的寻找力的源泉。神经过度兴奋与轻躁，那是生活不下去的，要沉潜下自己的感情，准备对一切应战！

我的感情比你要危险得多，但是我总是想法处理它，虽然一时难忍受，可是慢慢我总要把它们纳入轨道前进。

我在人生的历程上所遭到的厄害，总要比你多些，可是我是乐观的，随处利用各种环境，增加我的力量，补充我自己的聪明。就是说：我有勇气和力量杀得进，也杀得出，这样，人生的环境所以总也屈服不了我。你有时也要笑我的愚笨，不合理……正因为这样，所以我才能顽强的生活着。

人常常检点自己的缺点是必要的，发展自己的长处也是必要的。人有缺点，我是赞成补充它，如果这个缺点，不真正就是那个人的长处的话。

一个医生尽说安慰话，对于一个病人是没有多大用的，至少他应该指示出病人应该治疗和遵守的具体的方法。最末我说一句，不要使自尊心病态化了，而对我所说的话引起了反感！

洁吾兄处，我不另写信了。请你转告他，待到冬天或秋天，我们会见到的。
　　专此祝
好!

　　　　　　　　　你的小狗熊
　　　　　　　　　　五月八日下午五时三十分

给她的最后一封信

第四信（1937年5月12日发　上海→北京）

吟：

　　来信收到。我近几夜睡眠又不甚好，恐又要旧病复发。如你愿意，即请见信后，束装来沪。待至六月底，我们再共同去青岛。

　　即祝
近好。

　　本欲拍电给你，怕你吃惊，故仍写信。

　　　　　　　　　　　　　　　　军上

　　　　　　　　　　　　　　　　　五月十二日夜

　　不必要书物，可暂寄洁吾处。

第三章
鲁迅致萧红萧军

1934年10月，萧军与萧红寄出了给鲁迅先生的第一封信，希望先生可以评阅一下两人的作品并给予指导。经过字斟句酌两人寄出了第一封信，怀着一丝渺茫的希望盼望着先生的回信。令人激动的是，鲁迅先生竟然真的回信了！萧军和萧红如获至宝般拿着鲁迅先生的回信，他们两人一起朗读鲁迅先生的第一封回信，还和朋友们一起读了又读。

萧军在晚年回忆起接到鲁迅先生第一封回信时的心情，"……就如久久生活于凄风苦雨、阴云漠漠的季节中，忽然从腾腾滚滚的乌云缝隙中间，闪射出一缕金色的阳光，这是希望，这是生命的源泉！又如航行在茫茫无际夜海上的一叶孤舟，既看不到正确的航向，也没有可以安全停泊的地方……鲁迅先生这封信犹如从什么远远的方向照射过来的一线灯塔上的灯光，它使我们辨清了应该前进的航向，也增添了我们继续奋勇向前划行的新的力量！"

从通信到见面，再到成为鲁迅家的常客，鲁迅这位慈祥的长者一直都默默地帮助着两个年轻人。初到上海，萧军、萧红两人举目无亲，漫无目的，先生无论在做人、作文、做事上都给两人师长般的关怀，二萧在上海文坛立稳脚跟与鲁迅先生的指导帮助是分不开的。

不必问现在要什么，只要问自己能做什么

第一信（1934年10月9日　上海）

萧军先生：

给我的信是收到的。徐玉诺的名字我很熟，但好像没有见过他，因为他是做诗的，我却不留心诗，所以未必会见面。现在久不见他的作品，不知道那里去了？

来信的两个问题的答覆①——

一、不必问现在要什么，只要问自己能做什么。现在需要的是斗争的文学，如果作者是一个斗争者，那么，无论他写什么，写出来的东西一定是斗争的。就是写咖啡馆跳舞场罢，少爷们和革命者的作品，也决不会一样。

二、我可以看一看的，但恐怕没工夫和本领来批评。稿可寄"上海北四川路底，内山书店转，周豫才收"，最好是挂号，以免遗失。

我的那一本《野草》，技术并不算坏，但心情太颓唐了，因为那是我碰了许多钉子之后写出来的。我希望你脱离这种颓唐心情的影响。

---

① 现用"复"。后同。

专此布复,即颂

时绥。

　　　　　　　　　　　　　　迅上

　　　　　　　　　　　　　　　十月九(日)夜

见面的事，我以为可以从缓

第二信（1934年11月3日　上海）

刘先生：

来信当天收到。先前的信，书本，稿子，也都收到的，并无遗失，我看没有人截去。

见面的事，我以为可以从缓，因为布置约会的种种事，颇为麻烦，待到有必要时再说罢。

专此布复，即颂

时绥。

迅上

十一月三日

令夫人均此致候。

我们是有机会见面的

第三信（1934年11月5日　上海）

刘先生：

四日信收到。我也听说东三省的报上，说我生了脑膜炎，医生叫我十年不要写作。其实如果生了脑膜炎，十中九死，即不死，也大抵成为白痴，虽生犹死了。这信息是从上海去的，完全是上海的所谓"文学家"造出来的谣言。它给我的损失，是远处的朋友忧愁不算外，使我写了几十封更正信。

上海有一批"文学家"，阴险得很，非小心不可。

你们如在上海日子多，我想我们是有看见的机会的。

专覆，即颂

时绥。

迅上

十一月五（日）夜

吟女士均此不另。

稚气的话，说说并不要紧

第四信（1934年11月12日　上海）

刘、悄、两位先生：

七日信收到。首先是称呼问题。中国的许多话，要推敲起来，不能用的多得很，不过因为用滥了，意义变成含糊，所以也就这么敷衍过去。不错，先生二字，照字面讲，是生在较先的人，但如这么认真，则即使同年的人，叫起来也得先问生日，非常不便了。对于女性的称呼更没有适当的，悄女士在提出抗议，但叫我怎么写呢？悄婶子，悄姊姊，悄妹妹，悄侄女……都并不好，所以我想，还是夫人太太，或女士先生罢。现在也有不用称呼的，因为这是无政府主义者式，所以我不用。

稚气的话，说说并不要紧，稚气能找到真朋友，但也能上人家的当，受害。上海实在不是好地方，固然不必把人们都看成虎狼，但也切不可一下子就推心置腹。

以下是答问——

一、我是赞成大众语的，《太白》二期所录华圉作的《门外文谈》，就是我做的。

二、中国作家的作品，我不大看，因为我不弄批评；我常看的是外国人的小说或论文，但我看书的工夫也很有限。

三、没有，大约此后一时也不会有，因为不许出版。

四、出过一本《南腔北调集》，早被禁止。

五、蓬子转向，丁玲还活着，政府在养她。

六、压迫的，因为他们自己并不统一，所以办法各处不同，上海较宽，有些地方，有谁寄给我信一被查出，发信人就会危险。书是常常被邮局扣去的，外国寄来的杂志，也常常收不到。

七、难说。我想，最好是抄完后暂且不看，搁起来，搁一两月再看。

八、也难说。青年两字，是不能包括一类人的，好的有，坏的也有。但我觉得虽是青年，稚气和不安定的并不多，我所遇见的倒十之七八是少年老成的，城府也深，我大抵不和这种人来往。

九、没有这种感觉。

我的确当过多年先生和教授，但我并没有忘记我是学生出身，所以并不管什么规矩不规矩。至于字，我不断的写了四十多年了，还不该写得好一些么？但其实，和时间比起来，我是要算写得坏的。

此复，即请

俪安 ← 这两个字抗议不抗议？

迅上

十一月十二日

我还没有到死掉的时候

第五信（1934年11月17日　上海）

刘吟先生：

十三日的信，早收到了，到今天才答复。其实是我已经病了十来天，一天中能做事的力气很有限，所以许多事情都拖下来，不过现在大约要好起来了，全体都已请医生查过，他说我要死的样子一点也没有，所以也请你们放心，我还没有到自己死掉的时候。

中野重治的作品，除那一本外，中国没有。他也转向了，日本一切左翼作家，现在没有转向的，只剩了两个（藏原与宫本）。我看你们一定会吃惊，以为他们真不如中国左翼的坚硬。不过事情是要比较而论的，他们那边的压迫法，真也有组织，无微不至，他们是德国式的，精密，周到，中国倘一仿用，那就又是一个情形了。

蓬子的变化，我看是只因为他不愿意坐牢，其实他本来是一个浪漫性的人物。凡有智识分子，性质不好的多，尤其是所谓"文学家"，左翼兴盛的时候，以为这是时髦，立刻左倾，待到压迫来了，他受不住，又即刻变化，甚而至于卖朋友（但蓬子未做这事），作为倒过去的见面礼。这大约是各国都有的事。但我看中国较甚，真不是好现象。

以下，答覆来问——

一、不必改的。上海邮件多，他们还没有一一留心的工夫。

二、放在那书店里就好，但时候还有十来天，我想还可以临时再接洽别种办法。

三、工作难找，因为我没有和别人交际。

四、我可以预备着的，不成问题。

生长北方的人，住上海真难惯，不但房子像鸽子笼，而且笼子的租价也真贵，真是连吸空气也要钱。古人说，水和空气，大家都有份，这话是不对的。

我的女人在这里，还有一个孩子。我有一本《两地书》，是我们两个人的通信，不知道见过没有？要是没有，我当送给一本。

我的母亲在北京。大蝎虎也在北京，不过喜欢蝎虎的只有我，现在恐怕早给他们赶走了。

专此布复，并请

俪安。

            迅上

              十一月十七日

我们还是在月底谈一谈好

第六信（1934年11月20日　上海）

刘吟先生：

十九日信收到。许多事情，一言难尽，我想我们还是在月底谈一谈好，那时我的病该可以好了，说话总能比写信讲得清楚些。但自然，这之间如有工夫，我还要用笔答复的。

现在我要赶紧通知你的，是霞飞路的那些俄国男女，几乎全是白俄，你万不可以跟他们说俄国话，否则怕他们会疑心你是留学生，招出麻烦来。他们之中，以告密为生的人们很不少。

我的孩子足五岁，男的，淘气得可怕。

此致，即请

俪安。

迅上

（十一月）二十日

第一次约定见面

第七信（1934年11月27日　上海）

刘吟先生：

本月三十日（星期五）午后两点钟，你们两位可以到书店里来一趟吗？小说如已抄好，也就带来，我当在那里等候。

那书店，坐第一路电车可到。就是坐到终点（靶子场）下车，往回走，三四十步就到了。

此布，即请

俪安。

迅上

十一月二十七日

见面会使你们悲哀的

第八信(1934年12月6日　上海)

刘吟先生:

两信均收到。我知道我们见面之后,是会使你们悲哀的,我想,你们单看我的文章,不会料到我已这么衰老。但这是自然的法则,无可如何。其实,我的体子并不算坏,十六七岁就单身在外面混,混了三十年,这费力可就不小;但没有生过大病或卧床数十天,不过精力总觉得不及先前了,一个人过了五十岁,总不免如此。

中国是古国,历史长了,花样也多,情形复杂,做人也特别难,我觉得别的国度里,处世法总还要简单,所以每个人可以有工夫做些事,在中国,则单是为生活,就要化①去生命的几乎全部。尤其是那些诬陷的方法,真是出人意外,譬如对于我的许多谣言,其实大部分是所谓"文学家"造的,有什么仇呢,至多不过是文章上的冲突,有些是一向毫无关系,他不过造着好玩,去年他们还称我为"汉奸",说我替日本政府做侦探。我骂他时,他们又说我器量小。

---

① 现用"花"。后同。

单是一些无聊事,就会化去许多力气。但,敌人是不足惧的,最可怕的是自己营垒里的蛀虫,许多事都败在他们手里。因此,就有时会使我感到寂寞。但我是还要照先前那样做事的,虽然现在精力不及先前了,也因学问所限,不能慰青年们的渴望,然而我毫无退缩之意。

《两地书》其实并不像所谓"情书",一者因为我们通信之初,实在并未有什么关于后来的豫①料的;二则年龄,境遇,都已倾向了沈静②方面,所以决不会显出什么热烈。冷静,在两人之间,是有缺点的。但打闹,也有弊病。不过,倘能立刻互相谅解,那也不妨。至于孩子,偶然看看是有趣的,但养起来,整天在一起,却真是麻烦得很。

你们目下不能工作,就是静不下,一个人离开故土,到一处生地方,还不发生关系,就是还没有在这土里下根,很容易有这一种情境。一个作者,离开本国后,即永不会写文章了,是常有的事。我到上海后,即做不出小说来,而上海这地方,真也不能叫人和他亲热。我看你们的现在的这种焦躁的心情,不可使它发展起来,最好是常到外面去走走,看看社会上的情形,以及各种人们的脸。

以下答问——

1.我的孩子叫海婴,但他大起来,自己要改的,他的爸爸,就连姓都改掉了。阿菩是我的第三个兄弟的女儿。

---

① 现用"预"。
② 现用"沉"。后同。

2.会是开成的,费了许多力,各种消息,报上都不肯登,所以在中国很少人知道。结果并不算坏,各代表回国后都有报告,使世界上更明瞭①了中国的实情。我加入的。

3.《君山》我这里没有。

4.《母亲》也没有。这书是被禁止的,但我可以托人去找一找。《没落》我未见过。

5.《两地书》我想东北是有的,北新书局在寄去。

6.我其实是不喝酒的,只在疲劳或愤慨的时候,有时喝一点,现在是绝对不喝了,不过会客的时候,是例外。说我怎样爱喝酒,也是"文学家"造的谣。

7.关于脑膜炎的事,日子已经经过许久了,我看不必去更正了罢。

我们有了孩子以后,景宋几乎和笔绝交了,要她改稿子,她是不敢当的。但倘能出版,则错字和不妥处,我当负责改正。

你说文化团体,都在停滞——无政府状态中……,一点不错。议论是有的,但大抵是唱高调,其实唱高调就是官僚主义。我的确常常感到焦烦,但力所能做的,就做,而又常常有"独战"的悲哀。不料有些朋友们,却斥责我懒,不做事;他们昂头天外,评论之后,不知那里去了。

来信上说到用我这里拿去的钱时,觉得刺痛,这是不必要的。我固然不收一个俄国的卢布,日本的金圆,但因出版界上的资格关系,稿费总比青年作家来得容易,里面并没有青年作家的

---

① 现用"了"。

稿费那样的汗水的——用用毫不要紧。而且这些小事,万不可放在心上,否则,人就容易神经衰弱,陷入忧郁了。

来信又愤怒于他们之迫害我。这是不足为奇的,他们还能做什么别的?我究竟还要说话。你看老百姓一声不响,将汗血贡献出来,自己弄到无衣无食,他们不是还要老百姓的性命吗?

此复,即请

俪安。

迅上

十二月六日

再:有《桃色的云》及《小约翰》,是我十年前所译,现在再版印出来了,你们两位要看吗?望告诉我。又及

坚定的文人是不多的

第九信（1934年12月10日　上海）

刘吟先生：

八（日）夜信收到。我的病倒是好起来了，胃口已略开，大约可以渐渐恢复。童话两本，已托书店寄上，内附《译文》两本，大约你们两位也没有看过，顺便带上。《竖琴》上的序文，后来被检查官删掉了，这是初版，所以还有着。你看，他们连这几句话也不准我们说。

如果那边还有官力以外的报，那么，关于"脑膜炎"的话，用"文艺通信"的形式去说明，也是好的。为了这谣言，我记得我曾写过几十封正误信，化掉邮费两块多。

中华书局译世界文学的事，早已过去了，没有实行。其实，他们是本不想实行的，即使开首会译几部，也早已暗中定着某人包办，没有陌生人的份儿。现在蒋死了，说本想托蒋译，假如活着，也不会托他译的，因为一托他，真的译出来，岂不大糟？那时他们到我这里来打听靖华的通信地址，说要托他，我知道他们不过玩把戏，拒绝了。现在呢，所谓"世界文学名著"，简直不提了。

名人，阔人，商人……常常玩这一种把戏，开出一个大题目来，热闹热闹，以见他们之热心。未经世故的青年，不知底细，就常常上他们的当；碰钉子还是小事，有时简直连性命也会送掉，我就知道不少这种卖血的名人的姓名。我自己现在虽然说得好像深通世故，但近年就上了神州国光社的当，他们与我订立合同，托我找十二个人，各译苏联名作一种，出了几本，不要了，有合同也无用，我只好又磕头礼拜，各去回断，靖华住得远，不及回复，已经译成，只好我自己付版税，又设法付印，这就是《铁流》，但这书的印本一大半和纸版，后来又被别一书局骗去了。

那时的会，是在陆上开的，不是船里，出席的大约二三十人，会开完，人是不缺一个的都走出的，但似乎也有人后来给他们弄去了，因为近来的捕，杀，秘密的居多，别人无从知道。爱罗先珂却没有死，听说是在做翻译，但有人寄信去，却又没有回信来。

义军的记载看过了，这样的才可以称为战士，真叫我似的弄笔的人惭愧。我觉得文人的性质，是颇不好的，因为他智识[①]思想，都较为复杂，而且处在可以东倒西歪的地位，所以坚定的人是不多的。现在文坛的无政府情形，当然很不好，而且坏于此的恐怕也还有，但我看这情形是不至于长久的。分裂，高谈，故作激烈，等等，四五年前也曾有过这现象，左联起来，将这压下去了，但病根未除，又添了新分子，于是现在老病就复发。但空谈之类，是谈不久，也谈不出什么来的，它终必被事实的镜子照出

[①] 现用"知识"。后同。

原形，拖出尾巴而去。倘用文章来斗争，当然更好，但这种刊物不能出版，所以只好慢慢的用事实来克服。

其实，左联开始的基础就不大好，因为那时没有现在似的压迫，所以有些人以为一经加入，就可以称为前进，而又并无大危险的，不料压迫来了，就逃走了一批。这还不算坏，有的竟至于反而卖消息去了。人少倒不要紧，只要质地好，而现在连这也做不到。好的也常有，但不是经验少，就是身体不强健（因为生活大抵是苦的），这于战斗是有妨碍的。但是，被压迫的时候，大抵有这现象，我看是不足悲观的。

卖性的事，我无所闻，但想起来是能有的；对付女性，南方官大约也比北方残酷，血债多得很。

此复，即请

俪安。

迅上

十二月十（日）夜

请两位到梁园豫菜馆吃饭

第十信（1934年12月17日　上海）

刘吟先生：

　　本月十九日（星期三）下午六时，我们请你们俩到梁园豫菜馆吃饭，另外还有几个朋友，都可以随便谈天的。梁园地址，是广西路三三二号。广西路是二马路与三马路之间的一条横街，若从二马路弯进去，比较的近。

　　专此布达，并请
俪安。

　　　　　　　　　　　　　　　　　豫广 同具

　　　　　　　　　　　　　　　　　十二月十七日

吟太太的稿子，生活书店愿意出版

第十一信（1934年12月20日　上海）

刘吟先生：

代表海婴，谢谢你们送的小木棒，这我也是第一次看见。但他对于我，确是一个小棒喝团员。他去年还问："爸爸可以吃么？"我的答复是："吃也可以吃，不过还是不吃罢。"今年就不再问，大约决定不吃了。

田的直接通信处，我不知道。但如外面的信封上，写"本埠河南路三〇三号，中华日报馆，戏周刊端辑部收"，里面再用一个信封，写"陈瑜先生启"，他该可以收到。不过我想，他即使收到，也未必有回信，剧本稿子是否还在，也是一个问题。试写一信，去问问他也可以，但恐怕百分之九十九是没有结果的。此公是有名的模模糊糊。

小说稿我当看一看，看后再答复。吟太太的稿子，生活书店愿意出版，送给官僚检查去了，倘通过，就可发排。

专此布达，并颂

俪安。

迅上

十二月二十日

这几天真有点闷气

第十二信（1934年12月26日　上海）

刘吟先生：

廿四日信收到，二十日信也收到的。我没有生病，只因为这几天忙一点，所以没有就写回信。

周女士她们所弄的戏剧组，我并不知道底细，但我看是没什么的，不打紧。不过此后所遇的人们多起来，彼此都难以明白真相，说话不如小心些，最好是多听人们说，自己少说话，要说，就多说些闲谈。

《准风月谈》尚未公开发卖，也不再公开，但他必要成为禁书。所谓上海的文学家们，也很有些可怕的，他们会因一点小利，要别人的性命。但自然是无聊的，并不可怕的居多，但却讨厌得很，恰如虱子跳蚤一样，常常会暗中咬你几个疙瘩，虽然不算大事，你总得搔一下了。这种人物，还是不和他们认识好。我最讨厌江南才子，扭扭捏捏，没有人气，不像人样，现在虽然大抵改穿洋服了，内容也并不两样。其实上海本地人倒并不坏的，只是各处坏种，多跑到上海来作恶，所以上海便成为下流之地了。

《母亲》久被禁止，这一部是托书坊里的伙计寻来的，不知道他是怎么一个线索。日前做了一篇随笔到文学社去卖钱，七千字，检查官给我删掉了四分之三，只剩一个脑袋，不值钱了。吟太太的小说，我想不至于此，如果删掉几段，那么，就任它删掉几段，第一步是只要印出来。

　　这几天真有点闷气。检查官吏们公开的说，他们只看内容，不问作者是谁，即不和个人为难的意思。有些出版家知道了这话，以为"公平"真是出现了，就要我用旧名子①做文章，推也推不掉。其实他们是阴谋，遇见我的文章，就删削一通，使你不成样子，印出去时，读者不知底细，以为我发了昏了。如果只是些无关痛痒的话，那是通得过的，不过，这有什么意思呢？

　　今年不再写信了，等着搬后的新地址。

　　专此布复，即颂

俪安。

豫上
十二月二十六（日）夜

---

① 应为"字"。

留情面是中国文人最大的毛病

第十三信（1935年1月4日　上海）

刘吟先生：

二日的信，四日收到了，知道已经搬了房子，好极好极，但搬来搬去，不出拉都路，正如我总在北四川路兜圈子一样。有大草地可看，在上海要算新年幸福，我生在乡下，住了北京，看惯广大的土地了，初到上海，真如被装进鸽子笼一样，两三年才习惯。新年三天，译了六千字童话，想不用难字，话也比较的容易懂，不料竟比做古文还难，每天弄到半夜，睡了还做乱梦，那里还会记得妈妈，跑到北平去呢？

删改文章的事，是必须给它发表开去的，但也犯不上制成锌板。他们的丑史多得很，他们那里有一点羞。怕羞，也不去干这样的勾当了，他们自己也并不当人看。

吟太太究竟是太太，观察没有咱们爷们的精确仔细。少说话或多说闲谈，怎么会是耗子躲猫的方法呢？我就没有见过猫整天的在咪咪的叫的，除了春天的或一时期之外。猫比老鼠还要沈默。春天又作别论，因为它们另有目的。平日，它总是静静的听着声音，伺机搏击，这是猛兽的方法。自然，它决不和耗子讲闲话的，但耗子也不和猫讲闲话。

你所遇见的人，是不会说我怎样坏的，敌对或侮蔑的意思，我相信也没有。不过"太不留情面"的批评是绝对的不足为训的。如果已经开始笔战了，为什么要留情面？留情面是中国文人最大的毛病。他以为自己笔下留情，将来失败了，敌人也会留情面。殊不知那时他是决不留情面的。做几句不痛不痒的文章，还是不做好。

而现在的批评家，对于"骂"字也用得非常之模胡①。由我说起来，倘说良家女子是婊子，这是"骂"，说婊子是婊子，就不是骂。我指明了有些人的本相，或是婊子，或是叭儿，它们却真的是婊子或叭儿，所以也决不是"骂"。但论者却一概谓之"骂"，岂不哀哉。

至于检查官现在这副本领，是毫不足怪的，他们也只有这种本领。但想到所谓文学家者，原是应该自己会做文章的，他们却只会禁别人的文章，真不免好笑。但现在正是这样的时候，不是救国的非英雄，而卖国的倒是英雄吗？

考察上海一下，是很好的事，但我举不出相宜的同伴，恐怕还是自己看看好罢，大约通过一两回，是没有什么的。不过工人区域里却不宜去，那里狗多，有点情形不同的人走过，恐怕它就会注意。

近来文字的压迫更严，短文也几乎无处发表了。看看去年所作的东西，又有了短评和杂论各一本，想在今年内印它出来，而新的文章，就不再做，这几年真也够吃力了。近几时我想看看古

---

① 现用"糊"。后同。

书,再来做点什么书,把那些坏种的祖坟刨一下。

  过了一年,孩子大了一岁,但我也大了一岁,这么下去,恐怕我就要打不过他,革命也就要临头了。这真是叫作怎么好。

  专此布达,并请
俪安。

迅上 广附笔问候
一月四日

两篇稿子早已收到

第十四信（1935年1月21日　上海）

刘吟先生：

　　自己吃东西不小心，又生了几天病，现在又好了。两篇稿子早收到，写得很好，白字错字也很少，我今天开始出外走走，想绍介到《文学》去，还有一篇，就拿到良友公司去试试罢。

　　前几天的病，也许是赶译童话的缘故，十天里译了四万多字，以现在的体力，好像不能支持了。但童话却已译成，这是流浪儿出身的Pantelejer做的，很有趣，假如能够通过，就用在《译文》第二卷第一号（三月出版）上，否则，我自己印行。

　　现在搬了房子，又认识了几个人（叶这人是很好的），生活比较的可以不无聊了罢。

　　专此布达，即颂

时绥。

迅上

广也说问问您们俩的好

（一月廿一日）

"小伙计"比先前胖一点了，但也闹得真可以。

文章是打不出来的

第十五信（1935年1月29日　上海）

萧、吟两兄：

二十及二十四日信都收到了。运动原是很好的，但这是我在少年时候的事，现在怕难了。我是南边人，但我不会开船，却能骑马，先前是每天总要跑它一两点钟的。然而自从升为"先生"以来，就再没有工夫干这些事，二十年前曾经试了一试，不过架式还在，不至于掉下去，或拔住马鬃而已。现在如果试起来，大约会跌死也难说了。

而且自从弄笔以来，有一种坏习气，就是一样事情开手，不做完就不舒服，也不能同时做两件事，所以每作一文，不写完就不放手，倘若一天弄不完，则必须做到没有力气了，才可以放下，但躺着也还要想到。生活就因此没有规则，而一有规则，即于译作有害，这是很难两全的。还有二层，一是琐事太多，忽而管家务，忽而陪同乡，忽而印书，忽而讨版税；二是著作太杂，忽而做序文，忽而作评论，忽而译外国文。脑子就永是乱七八糟，我恐怕不放笔，就无药可救。

所谓"还有一篇"，是指萧兄的一篇，但后来方法变换了，先都交给《文学》，看他们要那一篇，然后再将退回的向别处设法。但至今尚无回信。吟太太的小说送检查处后，亦尚无回信，我看这是和原稿的不容易看相关的，因为用复写纸写，看起来较为费力，他们便搁下了。

您们所要的书，我都没有。《零露集》如果可以寄来，我是想看一看的。

《滑稽故事》容易办，大约会有书店肯印。至于《前夜》，那是没法想的，《熔铁炉》中国并无译本，好像别国也无译本，我曾见良士果短篇的日译本，此人的文章似乎不大容易译。您的朋友要译，我想不如鼓励他译，一面却要老实告诉他能出版否很难预定，不可用"空城计"。因为一个人遇了几回空城计后，就会灰心，或者从此怀疑朋友的。

我不想用鞭子去打吟太太，文章是打不出来的，从前的塾师，学生背不出书就打手心，但愈打愈背不出，我以为还是不要催促好。如果胖得像蝈蝈了。那就会有蝈蝈样的文章。

此复，即请

俪安。

豫上
一月廿九（日）夜

我也时时感到寂寞

第十六信（1935年2月9日　上海）

刘军
悄吟 先生：

来信早收到；小说稿已看过了，都做得好的——不是客气话——充满着热情，和只玩些技巧的所谓"作家"的作品大两样。今天已将悄吟太太的那一篇寄给《太白》。余两篇让我想一想，择一个相宜的地方，文学社暂不能寄了，因为先前的两篇，我就寄给他们的，现在还没有回信。

至于你要给《火炬》的那篇，我看不必寄去，一定登不出来的，不如暂留在我处，看有无什么机会发表；不过即使发表，我恐怕中国人也很难看见的。虽然隔一道关，但情形也未必会两样。前几天大家过年，报纸停刊，从袁世凯那时起，卖国就在这时候，这方法流传至今，我看是关内也在爆竹声中葬送了。你记得去年各报上登过一篇《敌乎，友乎？》的文章吗？做的是徐树铮的儿子，现代阔人的代言人，他竟连日本是友是敌都怀疑起来了，怀疑的结果，才决定是"友"。将来恐怕还会有一篇《友乎，主乎？》要登出来。今年就要将"一二八""九一八"的纪念取消，报上登载的减少学校假期，就是这件事，不过他们说话改头换面，使大家不觉得。"友"之敌，就是自己之敌，要代

"友"讨伐的，所以我看此后的中国报，将不准对日本说一句什么话。

中国向来的历史上，凡一朝要完的时候，总是自己动手，先前本国的较好的人，物，都打扫干净，给新主子可以不费力量的进来。现在也毫不两样，本国的狗，比洋狗更清楚中国的情形，手段更加巧妙。

来信说近来觉得落寞，这心情是能有的，原因就在在上海还是一个陌生人，没有生下根去。但这样的社会里，怎么生根呢，除非和他们一同腐败；如果和较好的朋友在一起，那么，他们也正是落寞的人，被缚住了手脚的。文界的腐败，和武界也并不两样，你如果较清楚上海以至北京的情形，就知道有一群蛆虫，在怎样挂着好看的招牌，在帮助权力者暗杀青年的心，使中国完结得无声无臭。

我也时时感到寂寞，常常想改掉文学买卖，不做了，并且离开上海。不过这是暂时的愤慨，结果大约还是这样的干下去，到真的干不来了的时候。

海婴是好的，但捣乱得可以，现在是专门在打仗，可见世界是一时不会平和的。请客大约尚无把握，因为要请，就要吃得好，否则，不如不请，这是我和悄吟太太主张不同的地方。但是，什么时候来请罢。

此请

俪安。

　　　　　　　　　　　豫上

　　　　　　　　　　　　二月九日

　　再：那两篇小说的署名，要改一下，因为在俄有一个萧三，在文学上很活动，现在即使多一个"郎"字，狗们也即刻以为就是他的。改什么呢？等来信照办。又及。

印书的事现在不能答复

第十七信（1935年2月12日　上海）

刘先生：

　　十、十一（日）两信俱收到。印书的事，我现在不能答复，因为还没有探听，计划过。

　　地图在内山书店没有寄卖，因为这是海关禁止入口，一看见就没收的。

　　此复，即颂

时绥。

豫上

二，二二①

---

① 此日期应为二，十二，系为鲁迅先生笔误。

可以到各种杂志社去跑跑

第十八信（1935年3月1日　上海）

刘军
悄吟 兄（：）

一日信收到。我的选小说，昨夜交卷了，还欠一篇序，期限还宽，已约叶定一个日期，我们可以谈谈。他定出后，会来通知你们的。

悄吟太太的一个短篇，我寄给《太白》去了，回信说就可以登出来。那篇《搭客》，其实比《职业》做得好（活泼而不单调），上月送到《东方杂志》，还是托熟人拿去的，不久却就给我一封官式的信，今附上，可以看看大书店的派势。现在是连金人的译文，都寄到良友公司的《小说报》去了，尚无回信。

到各种杂志社去跑跑，我看是很好的，惯了就不怕了。一者可以认识些人；二者可以知道点上海之所谓文坛的情形，总比寂寞好。

那篇在检查的稿子，催怕不行。官们对于文学社的感情坏，这是故意留难的。在那里面的都是坏种或低能儿，他们除任意摧残外，一无所能，其实文章也看不懂。

说起"某翁"的称呼来，这是很奇怪的。这称呼开始于《十日谈》及《人言》，这是时时攻击我的刊物，他们特地这样叫，以表示轻蔑之意,犹言"老了,不中用了"的意思。但不知怎的却影响到我的熟人的笔上去了。现在是很有些人,信上都这么写的。

　　《文学新闻》我想也用不着看它,不必寄来了。

　　专此布复,即请

俪安。

　　　　　　　　　　　　　　　　　　豫上

　　　　　　　　　　　　　　　　　　　三月一日

　　孩子很淘气,昨天给他种了痘,是生后第二回。

"野气"不要故意改

第十九信（1935年3月13日　上海）

刘军
悄吟 兄：

十日信十三才收到，不知道怎的这么慢。你所发见①的两点，我看是对的，至于说我的话可对呢，我决不定。使我自己说起来，我大约是"姑息"的一方面，但我知道若在战斗的时候，非常有害，所以应该改正。不过这和"判断力"大有关系，力强，所做便不错，力一弱，即容易陷于怀疑，什么也不能做了。"父爱"也一样的，倘不加判断，一味从严，也可以冤死了好子弟。

所谓"野气"，大约即是指和上海一般人的言动不同之点，黄大约看惯了上海的"作家"，所以觉得你有些特别。其实，中国的人们，不但南北，每省也有些不同的；你大约还看不出江苏和浙江人的不同来，但江浙人自己能看出，我还能看出浙西人和浙东人的不同。普通大抵以和自己不同的人为古怪，这成见，必须跑过许多路，见过许多人，才能够消除。由我看来，大约北人爽直，而失之粗，南人文雅，而失之伪。粗自然比伪好。但习惯

---

① 现用"现"。

成自然，南边人总以像自己家乡那样的曲曲折折为合乎道理。你还没有见过所谓大家子弟，那真是要讨厌死人的。

这"野气"要不要故意改它呢？我看不要故意改。但如上海住得久了，受环境的影响，是略略会有些变化的，除非不和社会接触。但是，装假固然不好，处处坦白，也不成，这要看是什么时候。和朋友谈心，不必留心，但和敌人对面，却必须刻刻防备。我们和朋友在一起，可以脱掉衣服，但上阵要穿甲。您记得《三国志演义》上的许褚赤膊上阵么？中了好几箭。金圣叹批道：谁叫你赤膊？

所谓文坛，其实也如此（因为文人也是中国人，不见得就和商人之类两样），鬼魅多得很，不过这些人，你还没有遇见。如果遇见，是要提防，不能赤膊的。好在现在已经认识几个人了，以后关于不知道其底细的人，可以问问叶他们，比较的便当。

《八月》我还没有看，要到二十边，一定有工夫来看了。近来还是为了许多琐事，加以小说选好，又弄翻译。《死魂灵》很难译，我轻率的答应了下来，每天译不多，又非如期交卷不可，真好像做苦工，日子不好过，幸而明天可完了，只有二万字，却足足化了十二天。

虽是江南，雪水也应该融流的，但不知怎的，去年竟没有下雪，这也并不是常有的事。许是去年阴历年底就想来的，因寓中走不开而止。现在孩子更捣乱了，本月内母亲又要到上海，一个担子，挑的是一老一小，怎么办呢？

金人的译文看过了，文笔很不差，一篇寄给了良友，一篇想交给《译文》。

专此布复,并请
俪安。

  豫上
  三月十三(日)夜

孩子的脚给沸水烫伤了

第二十信（1935年3月17日　上海）

悄吟太太：

来信并稿两篇，已收到。

前天，孩子的脚给沸水烫伤了，因为虽有人，而不去照管他。伤了半只脚，看来要有半个月才会好。等他能走路，我们再来看您罢。

专此布复，并请

双安。

豫上

三月十七日

爱子之心

第二十一信（1935年3月19日　上海）

萧军兄：

　　十八日信收到。那一篇译稿，是很流畅的，不过这故事先就是流畅的故事，不及上一回的那篇沈闷。那一篇我已经寄给《译文》了。

　　这回孩子给沸水烫伤，其实倒是太淘气了的缘故，并非没有人管，是有人而不管他。寓里原有一个管领他的老妈子，她这几天因为要去求神拜佛，访友探亲，便找了一个替工。那天是她们俩都在的，不过她以为有替工在，替工以为有她在，就两个都不管，任凭孩子奔进厨房去捣乱，弄伤了脚。孩子也太淘气，一不留意，他就乱钻，跑得很快，人家有时也实在追不上。痛一下子也好，我实在看得麻烦极了，痛的经验是应该有一点的，但我立刻给敷了药，恐怕也不怎么痛，现在肿已退，再有十天总可以走得路，只要好后没有疤痕，我的责任算是尽了。

　　这孩子也不受委屈，虽然还没有发明"屁股温冰法"（上海也无冰可温），但不肯吃饭之类的消极抵抗法，却已经有了的。这时我也往往只好对他说几句好话，以息事宁人。我对别人就从来没有这样屈服过。如果我对父母能够这样，那就是一个孝子，可上"二十五孝"的了。

《准风月谈》已经卖完了，再版三四天内可以印好；《集外集》我还没有见过，大约还未出版罢，等我都有了，当通知你，并《南腔北调集》一并交付。先前还有一本《伪自由书》，您可有吗？

这几天在给《译文》译东西，不久，我的母亲大约要来了，会令我连静静的写字的地方也没有。中国的家族制度，真是麻烦，就是一个人关系太多，许多时间都不是自己的。

因为静不下，就更不能写东西，至多，只好译一点什么，我的今年，大约也要成为"翻译年"的了。

专此布复，即请

俪安。

           豫上

          三月十九（日）夜

先问一问地址

第二十二信（1935年4月2日　上海）

刘军兄：

二日信收到。内云"同一条路，只是门牌改了号数"，这回是没有什么"里"的么？那么，莫非屋子是临街的？

还有较详的信，怕寄失，所以先问一问，望即回信。

　　　　　　　　　　　　　　　　豫上
　　　　　　　　　　　　　　　四月二（日）夜

《八月》已看过，序已作好。

为《八月的乡村》作序

第二十三信（1935年4月4日　上海）

刘军兄：

二十三日信收到。漫画上面，我看是可以不必再添什么，因为单看计划，就已经够复杂，够吃力了，如果再加别的，也许会担不动。

孩子的烫伤已好，可以走了，不过痂皮还没有脱，所以不许他多走。我的母亲本说下月初要来，但近得来信又说生病，医生云倘如旅行，因为年纪大了，他不保险。这其（实）是医生的官话，即使年纪青，谁能保险呢？但因此不立刻来也难说。我只能束手等待着。

平林ぅィ子①作品的译本，我不知道有别的。《二心集》很少了，自己还有一两本，当于将来和别的书一同交上，但也许又会寄失的罢？

《八月》在下月五日以前，准可看完，只能随手改几个误字，大段的删改，却不能了，因为要下手，必须看两遍，而我实在没有了这工夫。序文当于看完后写一点。

---

① 平林泰子。

专复，即问

俪祉。

　　　　　　　　　　豫上

　　　　　　　　　　　三月二十五日

　　吟太太怎么样，仍然要困早觉么？

　　这一张信刚要寄出，就收到搬房子的通知，只好搁下。现在《八月》已看完，序也做好，且放在这里，待得来信后再说。今晚又看了一看《涓涓》，虽然不知道结末怎样，但我以为是可以做他完的，不过仍不能公开发卖。那第三章《父亲》，有些地方写得太露骨，头绪也太纷繁，要修改一下才好。

　　此后的笔名，须用两个，一个用于《八月》之类的，一个用于卖稿换钱的，否则，《八月》印出后，倘为叭儿狗所知，则别的稿子即使并没有什么，也会被他们抽去，不能发表。

　　还有，现用的"三郎"的笔名，我以为也得换一个才好，虽您是那么的爱用他。因为上海原有一个李三郎，别人会以为是他所做，而且他也来打麻烦，要文学社登他的信，说明那一篇小说非他所作。声明不要紧，令人以为是他所作却不上算，所以必得将这姓李的撇清，要撇清，除了改一个笔名之外无好办法。

　　良友收了一篇《搭客》，编辑说要改一个题目，我想这无大关系，代为答应了。《樱花》寄给了文学社（良友退回后），结果未知。

　　　　　　　　　　　三月三十一（日）夜

金人的稿子已看过，译笔是好的，至于有无误译，我不知道，但看来不至于。这种滑稽短篇，只可以偶然投稿一两回，倘接续的投，却不大相宜。我看不如索性选译他四五十篇，十万字左右，出一本单行本。这种作品，大约审查时不会有问题，书店也乐于出版的，译文社恐怕就肯接受。

至于他说我的小说有些近于左，那是不确的，我的作品比较的严肃，不及他的快活。

《退伍》的作者Novikov-Priboi是现在极有名的作家，他原是水兵，参加日俄之战，曾做了俘虏，关在日本多时——这时我正在东京留学。新近做了两大本小说，叫作《对马》（Tsusima，岛名），就是以那时战争为材料的，也因此得名。日本早译出了，名《日本海海战》，但因为删节之处太多（大约是说日本吃败仗之处罢），所以我没有买来看。他的作品，绍介到中国来的还很少，《退伍》也并不坏，我想送到《译文》去。

这一包里，除稿，序，信（吟太太的朋友的）之外，还有你所要的书，但《集外集》还没有，好像仍未出版。

四月四日

这几天很懒，不想作文，也不想译，不知是怎么的？又及。

稿、序放在书店里

第二十四信(1935年4月4日 上海)

刘兄：

　　三日信收到。稿、序、并另有信，都作一包，放在书店里，附上一笺，乞拿以去取，但星期日上午，他们是休息的。

　　　　　　　　　　　　　　　　　　　　豫上
　　　　　　　　　　　　　　　　　　　　　四月四(日)夜

不要自馁，总是干

第二十五信（1935年4月13日　上海）

刘军兄：

七日信早到；我们常想来看你们，孩子的脚也好了，但结果总是我打发了许多琐事之后，就没有力气，一天一天的拖，到后来，又不过是写信。

《二心集》中的那一篇，是针对那时的弊病而发的，但这些老病，现在并没有好，而且我有时还觉得加重了。现在是连说这些话的意思，我也没有了，真是倒退得可以。

我的原稿的境遇，许知道了似乎有点悲哀。我是满足的，居然还可以包油条，可见还有一些用处。我自己是在擦桌子的，因为我用的是中国纸，比洋纸能吸水。

金人译的左士陈阔的小短篇，打听了几处，似乎不大欢迎，那么，我前一信说的可以出一本书，怕是不成的了，望通知他。这回我想把那一篇Novikov-Priboi的短篇寄到《译文》去。

《搭客》及《樱花》上，都有署名的。《搭客》不知如何，《樱花》已送检查，且经通过，不便改了，以后的投稿再用新名罢。听说《樱花》后面，也许附几句对于李的答覆。

一个作者，"自卑"固然不好，"自负"也不好的，容易停滞。我想，顶好是不要自馁，总是干；但也不可自满，仍旧总是用功。要不然，输出多而输入少，后来要空虚的。

《八月》上我主张删去的，是说明而非描写的地方，作者的说明，以少为是，尤其是狗的心思之类。怎么能知道呢。

前信说张君要和您谈谈，我想是很好的，他是研究文学批评的人，我和他很熟识。

此复，即请

俪安。

豫上

四月十二（日）夜

最令人心寒的是友军从背后射来的暗箭

第二十六信(1935年4月23日 上海)

刘军
悄吟 兄:

十六日信早收到。今年北四川路是流行感冒特别的多,从上星期以来,寓中不病的只许一个人了,但她今天说没有气力;我最先病,但也最先好,今天是同平常一样了。

帮朋友的忙,帮到后来,只忙了自己,这是常常要遇到的。您的朋友既入大学,必是智识分子,那他一定有道理,如"情面说"之类。我的经验,是人来要我帮忙的,他用"互助论",一到不用,或要攻击我了,就用"进化论的生存竞争说";取去我的衣服,倘向他索还,他就说我是"个人主义",自私自利,吝啬得很。前后一对照,真令人要笑起来,但他却一本正经,说得一点也不自愧。

我看中国有许多智识分子,嘴里用各种学说和道理,来粉饰自己的行为,其实却只顾自己一个的便利和舒服,凡有被他遇见的,都用作生活的材料,一路吃过去,像白蚁一样,而遗留下来的,却只是一条排泄的粪。社会上这样的东西一多,社会是要糟的。

我的文章,也许是《二心集》中比较锋利,因为后来又有了新经验,不高兴做了。敌人不足惧,最令人寒心而且灰心的,是友军中的从背后来的暗箭;受伤之后,同一营垒中的快意的笑脸。因此,倘受了伤,就得躲入深林,自己舐干,扎好,给谁也不知道。我以为这境遇,是可怕的。我倒没有什么灰心,大抵休息一会,就仍然站起来,然而好像终竟也有影响,不但显于文章上,连自己也觉得近来还是"冷"的时候多了。

《樱花》闻已蒙检查老爷通过,署名不能改了。前天看见《太白》广告,有两篇一同发表,不知道去拿了稿费没有?

《集外集》好像还没有出。

匆复并颂

俪祉(。)

豫上。

(四月二十三日)

近来北四川路邮局有了一个认识我的笔迹的人,凡有寄出书籍,倘是我写封面的,他就特别拆开来看,弄得一塌胡涂。但对于信札,好像还不这样。呜呼,人面的狗,何其多乎?!又及。

稿费事宜

第二十七信（1935年4月25日　上海）

刘军兄：

　　太白社寄来稿费单一张，印已代盖，请填上空白之处并签名，前去一取为要。

　　取款之处，是会计科，那么，是要到福州路复兴里生活书店去的了。

　　还有一篇署萧军的，已登出，而没有单子寄来，大约是您直接寄去的罢？

　　此布即颂

春绥。

豫上
四月廿五日

我的心至今还没有热

第二十八信（1935年4月29日　上海）

刘军兄：

廿六日信收到。许总算没有生病。孩子还有点咳，脚是全好了，不过皮色有点不同，但这没有关系。我已可以说是全好，正在为日本杂志做一篇文章，骂孔子的，因为他们正在尊孔，但不知能登出否？月内此外还欠两篇文债，我看是来不及还清的了，有范围，有定期的文章，做起来真令人叫苦，兴味也没有，做也做不好。

文学社寄来稿费单一张，今仍代印寄上，印书的钱，大约可以不必另外张罗了罢。

那个杂志的文章，难做得很，我先前也曾从公意做过文章，但同道中人，却用假名夹杂着真名，印出公开信来骂我，他们还造一个郭冰若的名，令人疑是郭沫若的排错者。我提出质问，但结果是模模胡胡，不得要领，我真好像见鬼，怕了。后来又遇到相像的事两回，我的心至今还没有热。现在也有人在必要时，说我"好起来了"，但这是谣言，我倒坏了些了。

再谈。此请
双安。

　　　　　　　　　　　　　　　　　　　豫上

　　　　　　　　　　　　　　　四月廿八（日）夜

一时不见得搬家罢？

待有余款当再通知

第二十九信（1935年5月9日　上海）

刘军兄：

　　七日信收到。我这一月以来，手头很窘，因为只有一点零星收入，数目较多的稿费，不是不付，就是支票，所以要到二十五日，才有到期可取的稿费。不知您能等到这时候否？但这之前，会有意外的付我的稿费，也料不定。那时当再通知。

　　专此布复，并请
俪安。

豫上
五月九日

所要之款已放在书店里

第三十信（1935年5月22日　上海）

刘军兄：

今天有点收入，你所要之款，已放在书店里，希持附上之条，前去一取。

因为赶译小说忙，不能多写了，只通知两件事：

一、那一本《八月的乡村》印出后，内山书店是不能寄售的，因为否则他要吃苦。

二、金人译稿，已在本月《译文》上登出了，那稿费，当与下月的《文学》上所登的悄吟太太的稿费同交。那稿是我寄去的，想不至于被抽去，倘登出后，乞自去一取为荷。

匆布，即颂

俪祉。

　　　　　　　　　　　　　　　　　　豫上

　　　　　　　　　　　　　　　　五月二十（日）夜

稿费单已寄出

第三十一信（1935年6月3日　上海）

刘军兄：

前信早收到。文学社陆续寄来了两篇稿费的单子，今寄上。

金人的稿子，由我寄出了两篇，都不见登出；在手头的还有三篇。《搭客》已登，大约稿费单也快送来了，那时当和金人的译稿一同放在书店里。但那寄出了的两篇，要收回不？望便中通知我。

此布，即请

俪安。

豫上

六月二（日）夜

倘有别事可做，真想改行了

第三十二信（1935年6月7日　上海）

刘军兄：

二、五两日的信，都收到了。但大约只能草草作复。不知怎的，总是忙，因为有几种刊物，是不能不给以支持的。但有检查，所以要做得含蓄，又要不十分无聊，这正如带了镣铐的进军，你想，怎能弄得好，又怎能不出一身大汗，又怎能不仍然出力不讨好。

《文学》上所登的广告，关于我的几点，是未经我的同意的，这不过是一种"商略"，但我不赞成这样的办法。启事也已看过，这好像"官样"，乃由于含胡。例如以《文学》的投稿之多，是应该有多人阅看，退还的，但店中不肯多用人，这一层编辑者不好明说，而实则管不过来；近来又有新命令，是不妥之稿，一律没收。但出版者又不肯多化钱，都排印了送检，所以此后的稿子，必有一部份①被扣留，不能退还，但这是又不准明说的。以上两种，就足使编辑者只得吞吞吐吐，打一下官话了。但在不知内情的读者和投稿者，是要发生反感的，可又不能说明内

---

① 现用"分"。后同。

情,这是编辑者的失败,也足见新近压迫法之日见巧妙。我看这种事情,还要层出不穷。

金人的译稿给天马去印,我当然赞成的,也许前信已经说过。《罪与罚》大约未必能登出来。至于翻译界的情形,我不能写了,实在没有工夫。

万古蟾这人,我不认识,你应否和他会会,我无意见。

叶的稿子,交出去了。因为我无暇,由编者去改。他前信说不必大改,因为官们未必记得,是不对的,这是"轻敌",最容易失败。《丰收》才去算过不久,现在卖得很少。

那边的文学团体复活,是极好的,不过我恐怕不能出什么力,因为在这里的事情,已经足够了。而且体力也一天一天的不济。

《新小说》的稿费单,尚未送来。

这几天刚把《译文》的稿子弄完,在做《文学》上的论坛了,从明天起,就译《死魂灵》,虽每期不过三万字左右,却非化两礼拜时光不可。现在很有些读者,在公开的攻击刊物多登"已成作家"的东西,而我却要这样拼命,连玩一下的功夫也没有,来支持几种刊物。想到这里,真有些灰心。倘有别事可做,真想改行了,不受骂,又能玩,岂不好吗?

寓中都好。孩子也好了,但他大了起来,越加捣乱,出去,就惹祸,我已经受了三家邻居的警告,——但自然,这邻居也是擅长警告的邻居。但在家里,却又闹得我静不下,我希望他快过二十岁,同爱人一起跑掉,那就好了。

此布,即请
俪安。

　　　　　　　　　　　豫上
　　　　　　　　　　　　六月七日

稿费与书已寄出

第三十三信（1935年6月15日　上海）

刘军兄：

良友公司的稿费单，写信去催了才寄来，今寄上，但有期限，在本月廿一，不能立刻取。

又寄《新小说》（四）一本来，现亦另封挂号寄上，还有一本是他们给我的，我已看过，不要了，顺便一同寄去，你可以送朋友的。

我们都还好，我在译《死魂灵》，要二十以外才完。

这封信收到之后，望给我一个回信。

此布，即请

双安。

豫上

六月十五日

身体日见衰弱

第三十四信（1935年6月27日　上海）

刘军兄：

廿三（日）信收到。昨天看见《新小说》的编辑者，他说，金人的译稿，已送去审查了。我想，这是不见得有问题的。悄太太的稿子，当于日内寄去。但那第三期，因为第一篇是我译的，不许登广告。

译文社的事，久不过问了。金人译稿的事，当于便中提及。

《死魂灵》第三次稿，前天才交的，近来没有气力多译。身体还是不行，日见衰弱，医生要我不看书写字，并停止抽烟；有几个朋友劝我到乡下去，但为了种种缘故，一时也做不到。

近来警告倒没有了，这是因为我们自己戒了严，但真也吃力。

黑面包可以不必买给我们了。近地就要开一个白俄点心铺，倘要吃，容易买到了。

此复，即请

俪安。

豫上

六月二十七日

刚要发信，就收到廿五（日）来信了。出刊物而终于不出的事情，我是看惯的了，并不为奇，所以我的决心是如果有力，自己来做一点，虽然一点，究竟是一点。这是很坏的现象，但在目前，我以为总比说空话而一点不做好。

中国人先在自己把好人杀完，秋即其一。萧参是他用过的笔名，此外还很多。他有一本《高尔基短篇小说集》，在生活书店出版，后来被禁止了。另外还有，不过笔名不同。他又译过革拉特珂夫的小说《新土地》，稿子后来在商务印书馆被烧掉，真可惜。中文俄文都好，像他那样的，我看中国现在少有。

你说做小说的方法，那是可以的。刚才看《大连丸》，做得好的，但怕登不出去，《新生》因为"有碍邦交"被禁止了。我看你可以留起各种稿子，将来按时代——在家——入伍——出走——编一本集子，是很有意义的。

我并未为自己所写人物感动过。各种事情刺戟我，早经麻木了，时时像一块木头，虽然有时会发火，但我自己也并不觉痛。

豫 又及
六（月）二（十）七（日）下午

近来太没闲空

第三十五信（1935年7月16日　上海）

刘军兄：

十二日信并以前的一信，书，都收到的。关于出纪念册的事，先前已有几个人提议过了，我不同意，也不愿意说明理由；不过如有一团（体）要出，那自然是另一回事，只是我个（人）不加入。

对于书，并无什么意见。

月初因为见了几回一个老朋友，又出席于他女儿的结婚，把译作搁起来了，后来须赶译，所以弄得没有工夫。今年也热，我们也都生痱子。我的房里不能装电扇，即能装也无用，因为会把纸张吹动，弄得不能写字，所以我译书的时候，如果有风，还得关起窗户来，这怎能不生痱子。对于痱子的药水，有Watson's Lotion for prickly Heat，颇灵，大马路屈臣氏大药（房）出售，我们近地是二元四角钱一瓶，我们三人大约一年用两瓶就够，你身体大，我怕搽一次就要1/4瓶，那可不得了了。

那书的装饰还不算坏，不过几条黑条乱一点，團写作团，难认，但再版时也无须改，看下去会知道的。

近来真太没闲空了，《死魂灵》还只翻译了一章，今天放下,在做《文学》上的论坛,刚做完。其实《文学》和我并无关系,不过因为有些人要它灭亡,所以偏去支持一下,其实这也是自讨苦吃。《文坛三户》也是我做的,似乎很有些作家看了不高兴,但我觉得我说的是真话。这回做的是比较的无聊了,不会种下祸根。

贺贺你们的同居三年纪念。我们是相识十多年,同居七八年了,但何年何月何日是开始同居的呢,我可已经忘记了,只记得确是已经同居了而已。

许谢谢你送给她的小说,她正在看,说是好的。切光的都送了人,省得他们裁,我们自己是在裁着看。我喜欢毛边书,宁可裁,光边书像没有头发的人——和尚或尼姑。

此布,即请

俪安。

             豫上

             七月十六日

附笺乞便中交藏,不急。又及。

有些时候,有压力也好

第三十六信(1935年7月27日　上海)

萧兄:

十九日信早收到,又迟复了。我此刻才译完了本月应该交稿的《死魂灵》,弄得满身痱子,但第一部已经去了三分之二了。有些事情,逼逼也好,否则,我也许未必去翻译它的。每天上午,勒令孩子裸体晒太阳半点钟,现在他痱子最少,你想这怪不怪。

胡有信来,对于那本小说,非常满意。我的一批,除掉自己的一本外,都分完了,所以想你再给我五六本,可以包好,便中仍放在书店,现在还不要紧。至于叶的政策,什么分送给傅之流,我看是不必的,他们做编辑,教授的,要看,应该自己买,否则,就是送他,他也不看。

你的朋友南来了,非常之好,不过我们等几天再见罢,因为现在天气热,而且我也真的忙一点。现在真不像在做人,好像是机器。

近来关于我的谣言很多。日本报载我因为要离开中国,张罗旅费,拼命翻译,已生大病;《社会新闻》说我已往日本,做"顺民"去了。

匆此,即请

俪安。

        豫上

         七月廿七日

书已收到

第三十七信（1935年7月29日 上海）

刘兄：

信和书六本，当天收到了。错字二十几个，还不算多，现在的出版物，普通每一页至少有一个。俄国已寄去一本，还想托人再寄几本去，不便当的是这回不能托书店，因为万一发现，会累得店主人打屁股，所以只好小心些。

《死魂灵》共两部，每部约二十万字，第二部本系残稿，所以译不译还未定，倘只译第一部，那么，九月底就完毕了。不过添油的人，我觉得实在少，连孩子来捣乱，也很少有人来领去，给我安静一下，所以我近来的译作，是几乎没有一篇不在焦躁中写成的，这情形大约一时也不能改善。

对于谣言，我是不会懊恼的，如果懊恼，每月就得懊恼几回，也未必活到现在了。大约这种境遇，是可以练习惯的，后来就毫不要紧。倘有谣言，自己就懊恼，那就中了造谣者的计了。

痱子药水的确不大灵，但如不用药，也许痱子还要利害些。

我们近地开了一个白俄饭店，黑面包，列巴圈，全有了。但东西卖的贵，冰淇淋一杯要大洋三毛，我看它是开不长久的。

这封信是专门报告书已收到的。

此布，即祝

俪祉。

　　　　　　　　　　　　　　　　　豫上

　　　　　　　　　　　　　　　　　七月廿九（日）夜

小说再给我十本也好

第三十八信（1935年8月17日　上海）

张兄：

十一日信并稿收到后，晚上刚遇到文学社中人，便把那一篇交了他，并来不及看。另一篇于次日交胡；又金人译稿一包，托其由芷转交，想不日可以转到。顷查纸堆，又发现了一篇，今特寄上；又《译文》上登过的一篇，我想也该抄出，编入一本之内的。

小说再给我十本也好，但不急。前回的一批，已有五本分到外国去了，我猜他们也许要翻译的。

我痱子已略退。孩子已不肯晒太阳，因为麻烦，而且捣乱之至，月底决（定）把他送进幼稚园去，关他半天。《死魂灵》译了一半，这几天又放下，在做别的事情了。打杂为业，实在不大好。

此布，即请
俪安。

豫上

八月十六（日）夜

我其实是"破落户子弟"

第三十九信（1935年8月24日　上海）

刘先生：

廿二（日）信并书一包，均收到。又曾寄《新小说》一本，内有金人译文一篇，不知收到否？寄给《文学》的稿子，来信说要登，但九月来不及，须待十月，只得听之。良友也有信来，今附上。悄吟太太的稿子退回来了，他说"稍弱"，也评的并不算错，便中拟交胡，拿到《妇女生活》去看看，倘登不出，就只好搁起来了。

《死魂灵》作者的本领，确不差，不过究竟是旧作者，他常常要发一大套议论，而这些议论，可真是难译，把我窘的汗流浃背。这回所据的是德译本，而我的德文程度又差，错误一定不免，不过比起英译本的删节，日译本的错误更多来，也许好一点。至于《奥罗夫妇》的译者，还是一位名人，但他大约太用力于交际了，翻译就不大高明。

我看用我去比外国的谁，是很难的，因为彼此的环境先不相同。契诃夫的想发财，是那时俄国的资本主义已发展了，而这时候，我正在封建社会里做少爷。看不起钱，也是那时的所谓"读书人家子弟"的通性。我的祖父是做官的，到父亲才穷下来，所以我其实是"落破户①子弟",不过我很感谢我父亲的穷下来（他不会赚钱）,使我因此明白了许多事情。因为我自己是这样的出身,明白底细,所以别的破落户子弟的装腔作势,和暴发户子弟之自鸣风雅,给我一解剖,他们便弄得一败涂地,我好像一个"战士"了。使我自己说,我大约也还是一个破落户,不过思想较新,也时常想到别人和将来,因此也比较的不十分自私自利而已。至于高尔基,那是伟大的,我看无人可比。

前一辈看后一辈,大抵要失望的,自然只好用"笑"对付。我的母亲是很爱我的,但同在一处,有些地方她也看不惯。意见不一样,没有好法子想。

又热起来,痱子也新生了,但没有先前厉害。孩子的幼稚园中,一共只有十多个人,所以还不十分混杂,其实也不过每天去关他四个钟头,好给我清净一下。不过我在担心,怕将来会知道他是谁的孩子。他现在还不知我的名字,一知道,是也许说出去的。

此复,即请

俪安。

豫上
八月廿四日

---

① 应为"破落户"。

我不爱江南

第四十信（1935年9月2日　上海）

张兄：

　　八月卅日信收到。同日收到金人稿费单一纸，今代印附上。又收到良友公司通知信，说《新小说》停刊了，刚刚"革新"，而且前几天编辑给我信，也毫无此种消息，而忽然"停刊"，真有点奇怪。郑君平也辞歇了，你的那篇《军中》，便无着落。不知留有原稿否？但我应当写信去问一问别人。

　　胡怀琛的文章，都是些可说可不说的话，此人是专做此类文章的。《死魂灵》的原作，一定比译文好，就是德文译，也比中译好，有些形容辞①之类，我还安排不好，只好略去，不过比两种日本译本却较好，错误也较少。瞿若不死，译这种书是极相宜的，即此一端，即足判杀人者为罪大恶极。

　　孟的性情，我看有点神经过敏，但我决计将金人的信寄给他，这是于他有益的。大家都没有恶意，我想，他该能看得出来。

　　卢森堡的东西，我一点也没有。

---

① 现用"词"。

"土匪气"很好，何必克服它，但乱撞是不行的。跑跑也好，不过上海恐怕未必宜于练跑；满洲人住江南二百年，便连马也不会骑了，整天坐茶馆。我不爱江南。秀气是秀气的，但小气。听到苏州话，就令人肉麻。此种言语，将来必须下令禁止。

　　孩子有时是可爱的，但我怕他们，因为不能和他们为敌，一被缠，即无法可想，例如郭林卡即是也。我对付自己的孩子，也十分吃力，总算已经送进幼稚园去了，每天清静半天。今年晒太阳不十分认真，并不很黑，身子长了些，却比春天瘦了，我看这是必然的，从早晨起来闹到晚上睡觉，中间不肯睡中觉，当然不会胖。

　　痱子又好了。

　　天马书店我曾经和他们有过交涉；开首还好，后来利害起来；而且不可靠了，书籍由他出版，他总不会放松的。

　　因为打杂，总不得清闲。《死魂灵》于前天才交卷，再一月，第一卷完了。第二卷是残稿，无甚趣味。

　　我们如略有暇，当于或一星期日去看你们。

　　此布，即颂

俪祉（。）

豫上
九月一（日）夜

约稿函

第四十一信（1935年9月11日　上海）

刘兄：

　　有一个书店，名文化生活社，是几个写文章的人经营的，他们要出创作集一串，计十二本。愿意其中有你的一本，约五万字，可否编好给他们出版，自然是已经发表过的短篇。倘可，希于十五日以前，先将书名定好，通知我。他们可以去登广告。

　　这十二本中，闻系何谷天、沈从文、巴金等之作，编辑大约就是巴金。我是译文社的黄先生来托我的。我以为这出版社并不坏。

　　此布，并请
俪安。

豫上
九月十（日）夜

小说集的内容

第四十二信（1935年9月16日　上海）

刘兄：

十一日信收到。小说集事已通知那边，算是定了局。

这集子的内容，我想可以有五篇，除你所举的三篇外，《羊》在五月初登出，发表后，即可收入；又《军中》稿已取回，交了文学社，现在嘱他们不必发表了，编在里面，算是有未经发表者一篇，较为好看。

其实你只要将那三篇给我就可以了，如能有一点自序，更好。

本月琐事太多，翻译要今天才动手，一时怕不能来看你们了。

此布，即请

俪安。

豫上

九月十六日

久未得悄吟太太消息

第四十三信（1935年9月19日　上海）

刘兄：

　　一（十）八（日）晨信并小说稿均收到。我这里还有一篇《初秋的风》，我看是你做的似的。倘是，当编入，等回信。

　　我还好，又在译《死魂灵》，但到月底，上卷完了。

　　《译文》因和出版所的纠纷而延期，真令人生气！

　　久未得悄吟太太消息，她久不写什么了吧？

　　匆此，即请

双安。

　　　　　　　　　　　　　　　　　　豫 顿首
　　　　　　　　　　　　　　　　　　九月十九日

近日甚忙

第四十四信（1935年10月2日　上海）

刘兄：

《羊》已登出，稿费单今日寄到，现转上。

《译文》出了岔子；但我仍忙；前天起，伏案太久，颈子痛了。

匆匆，再谈。

即请

俪安。

豫上

十月二（日）夜

不能疑心世界上全是偷儿

第四十五信（1935年10月4日 上海）

刘兄：

一日的信收到两天了。对于《译文》停刊事，你好像很被激动，我倒不大如此，平生这样的事情遇见的多，麻木了，何况这还是小事情。但是，要战斗下去吗？当然，要战斗下去！无论它对面是什么。

黄先生当然以不出国为是，不过我不好劝阻他。一者，我不明白他一生的详细情形，二者，他也许自有更远大的志向，三者，我看他有点神经质，接连的紧张，是会生病的——他近来较瘦了——休息几天，和太太会会也好。

丛书和月刊，也当然，要出下去。丛书的出版处，已经接洽好了，月刊我主张找别处出版，所以还没有头绪。倘二者一处出版，则资本少的书店，会因此不能活动，两败俱伤。德国腓立大帝的"密集突击"，那时是会打胜仗的，不过用于现在，却不相宜，所以我所采取的战术，是：散兵战，堑壕战，持久战——不过我是步兵，和你炮兵的法子也许不见得一致。

《死魂灵》已于上月底交去第十一章译稿，第一部完了，此书我不想在《世界文库》上中止，这是对于读者的道德，但自然，一面也受人愚弄。不过世事要看总账，到得总结的时候，究竟还是他愚弄我呢，还是愚弄了自己呢，却不一定得很。至于第二部（原稿就是不完的）是否仍给他们登下去，我此时还没有决定。

现在正在赶译这书的附录和序文，连脖子也硬的不大能动了，大约二十前后可完，一面已在排印本文，到下月初，即可以出版。这恐怕就是丛书的第一本。

至于我的先前受人愚弄呢，那自然，但也不是第一次了，不过在他们还未露出原形，他们做事好像还于中国有益的时候，我是出力的。这是我历来做事的主意，根柢即在总账问题。即使第一次受骗了，第二次也有被骗的可能，我还是做，因为被人偷过一次，也不能疑心世界上全是偷儿，只好仍旧打杂。但自然，得了真赃实据之后，又是一回事了。

那天晚上，他们开了一个会，也来找我，是对付黄先生的，这时我才看出了资本家及其帮闲的原形，那专横、卑劣和小气，竟大出于我的意料之外，我自己想，虽然许多人都说我多疑、冷酷，然而我的推测人，实在太倾于好的方面了，他们自己表现出来时，还要坏得远。

以下答家常话：

孩子到幼稚园去，还愿意，但我怕他说江苏话，江苏话少用N音，结末譬如"三"，他们说See，"南"，他们说Nee，我实在不爱听。他一去开，就接连的要去，礼拜天休息一天，第二天就想逃学——我看他也不像肯用功的人。

我们都好的，我比较的太少闲工夫，因此就有时发牢骚，至于生活书店事件,那倒没有什么,他们是不足道的,我们只要干自己的就好。

昨天到巴黎大戏院去看了《黄金湖》,很好,你们看了没有?下回是罗曼谛克的《暴帝情鸳》,恐怕也不坏,我与其看美国式的发财结婚影片,宁可看《天方夜谈》一流的怪片子。

专此布复,并颂

俪安。

豫上
十月四日

天下之事，是做不完的

第四十六信（1935年10月20日　上海）

刘军兄 尊前：
悄吟太太

（这两个字很少用，但因为有太太在内，所以特别客气。）

十九日晨信收到。"麦"字是没有草头的。

《译文》还想继续出，但不能急。《死魂灵》的序文昨天刚译完，有一万五千字，第一部全完了。下月起，译第二部。

现在在开始还信债，信写完，须两三天，此后也还有别的事，天下之事，是做不完的。但我们确也太久不见了，在最近期内，最好是本月内，我们当设法谈谈。

《生死场》的名目很好，那篇稿子，我并没有看完，因为复写纸写的，看起来不容易。但如要我做序，只要排印的末校寄给我看就好，我也许还可以顺便改正几个错字。

此复，即请

俪安。

豫上

十月二十日

我们一定要再见一见

第四十七信（1935年10月29日　上海）

刘兄：

　　廿八日信收到。那一天，是我的豫料失败了，我以为一两点钟，你们大约总不会到公园那些地方去的，却想不到有世界语会。于是我们只好走了一通，回到北四川路，请少爷看电影。他现仍在幼稚园，认识了几个字，说"婴"字下面有"女"字，要换过了。

　　我们一定要再见一见。我昨夜起，重伤风，等好一点，就发信约一个时间和地点，这时候总在下月初。

　　《译文》终刊号的前记是我和茅①合撰的。第一张木刻是李卜克内希遇害的纪念，本要用在正月号的，没有敢用，这次才登出来。封面的木刻，是郝氏作，中国人，题目是《病》，一个女人在哭男人，是书店擅自加上去的，不知什么意思，可恶得很。

　　中国作家的新作，实在稀薄得很，多看并没有好处，其病根：一是对事物太不注意，二是还因为没有好遗产。对于后一层，可见翻译之不可缓。

---

① 指茅盾。

《小彼得》恐怕找不到了。

耿济之的那篇后记写的很糟，您被他所误了。G决非革命家，那是的确的，不过一想到那时代，就知道并不足奇，而且那时的检查制度又多么严厉，不能说什么（他略略涉及君权，便被禁止，这一篇，我译附在《死魂灵》后面，现在看起来，是毫没有什么的）。至于耿说他谄媚政府，却纯据中国思想立论，外国的批评家都不这样说，中国的论客，论事论人，向来是极苛酷的。但G确不讥刺大官，这是一者那时禁令严，二则人们都有一种迷信，以为高位者一定道德学问也好。我记得我幼小时候，社会上还大抵相信进士翰林状元宰相一定是好人，其实也并不是因为去谄媚。

G是老实的，所以他会发狂。你看我们这里的聪明人罢，都吃得笑迷迷，白胖胖，今天买标金，明天讲孔子……

第二部《死魂灵》并不多，慢慢的译，想在明年二三月出版；后附孟十还译的《G怎样写作》一篇，是很好的一部研究。现正在校对第一部，下月十日以前当可印成，自然要给你留下一部。

专此布复，即请

俪安。

豫上
十月二十九日

一起吃晚饭

第四十八信（1935年11月5日　上海）

刘　　兄
悄吟太太：

　　我想在礼拜三（十一月六日）下午五点钟，在书店等候，您们俩先去逛公园之后，然后到店里来，同到我的寓里吃夜饭。

　　专此，即祝

俪祉。

豫上

十一月四日

校稿昨天已看完

第四十九信（1935年11月15日　上海）

刘兄：

校稿昨天看完，胡刚刚来，便交与他了。

校稿除改正了几个错字之外，又改正了一点格式，例如每行的第一格，就是一个圈或一个点，很不好看，现在都已改正。

夜里写了一点序文，今寄上。

这几天四近谣言很多，虽然未必真，也可令人不十分静得下，居民搬的很多。

专此布达，即请

俪安。

豫上

（十一月）十五日上午

《死魂灵》纸面的已出，布面的还得等几天。又及

有空望随便来玩

第五十信（1935年11月16日　上海）

刘军兄及其悄吟太太：

十六日信当天收到，真快。没有了家，暂且漂流一下罢，将来不要忘记。二十四年前，太大度了，受了所谓"文明"这两个字的骗。到将来，也会有人道主义者来反对报复的罢，我憎恶他们。

校出了几个错字，为什么这么吃惊？我曾经做过杂志的校对，经验也比较的多，能校是当然的，但因为看得太快，也许还有错字。

印刷所也太会恼怒，其实，圈点不该在顶上，是他们应该知道，自动的改正的。他们必须遇见厉害的商人，这才和和气气。我自己印书，没有一回不吃他们的亏。

那序文上，有一句"叙事写景，胜于描写人物"，也并不是好话，也可以解作描写人物并不怎么好。因为做序文，也要顾及销路，所以只得说的弯曲一点。至于老王婆，我却不觉得怎么鬼气，这样的人物，南方的乡下也常有的。安特列夫的小说，还要写得怕人，我那《药》的末一段，就有些他的影响，比王婆鬼气。

我不大希罕亲笔签名制版之类，觉得这有些孩子气，不过悄吟太太既然热心于此，就写了附上，写得太大，制版时可以缩小的。这位太太，到上海以后，好像体格高了一点，两条辫子也长了一点了，然而孩子气不改，真是无可奈何。

这几天四近逃得一塌胡涂。铺子没有生意，也大有关门之势。孩子的幼稚园里，原有十五人，现在连先生的小妹子一共只剩了三个了，要关门大吉也说不定。他喜欢朋友，现在很感得寂寞。你们俩他是欢迎的，他欢迎客人，也喜欢留吃饭。有空望随便来玩，不过速成的小菜，会比那一天的粗拙一点。

专此布达，即请

俪安。

豫上
十一月十六日夜

你的旧诗比新诗好

第五十一信（1936年1月14日　上海）

刘军兄：

　　曹有信来，今转上。

　　你的旧诗比新诗好，但有些地方有名士气。

　　我在编集去年的杂感，想出版。

　　我们想在旧历年内，邀些人吃一回饭。一俟计画布置妥帖，当通知也。

　　专此布达，并贺

年禧。

　　　　　　　　　　　　　　　　　　　　豫上

　　　　　　　　　　　　　　　　　　　　　一月十四日

　　太太均此请安。

小说两种都卖完了

第五十二信（1936年2月15日　上海）

刘军兄：

那三十本小说，两种都卖完了，希再给他们各数十本。

又，各给我五本，此事已托张兄面告，令再提一提而已。

迅上

（二月）十五日

简要回忆一下过去二三年的经过

第五十三信（1936年2月23日　上海）

刘兄：

　　义军的事情，急于应用，等通信恐怕来不及，所以请你把过去二三年中的经过（用回忆记的形式就好），撮要述给他们，愈快愈好，可先写给一二千字，余续写。

　　见胡风时，望转告：那一篇文章，是写给外国人看的，只记事，不发议论，二三千字就够，但要快。

迅上

二月二十三日

萧红年表

1911年

6月1日（农历五月初五），出生于黑龙江省呼兰县（现哈尔滨市呼兰区）城内一个姓张的地主家庭，乳名荣华，学名张秀环，后改名张迺莹。笔名有悄吟、田娣、萧红等。祖籍系山东莘县。祖父张维祯是萧红的第一位启蒙老师。祖母范氏，精明能干，家中一切事务都由她做主。父亲张廷举，字选三，是张维祯的养子，毕业于黑龙江省立优级师范学堂。母亲姜玉兰是塾师之女，粗通文字。

1917年

7月9日（农历五月二十一），祖母范氏病故，萧红搬到祖父屋里去住。祖父开始口授其《千家诗》，萧红开始接触到中国古典诗歌。

1919年

1月初，三弟连富出生。

8月26日（农历闰七月初二），母亲姜玉兰病故。

12月5日，父亲再娶。

1920年

入呼兰县乙种农业学校（龙王庙小学）女生班上初小一年级。

1924年

初小毕业，秋季开学时，转到北关初高两级小学校女生部上高小一年级。

父亲做主，将她许配给省防军第一路帮统汪廷兰的次子汪恩甲为未婚妻。

1925年

秋季开学，升入高小二年级。

1926年

暑期高小二年级毕业，因父亲的反对和阻挠，没能上中学。同父亲的矛盾加深，父女关系紧张。

1927年

秋，在祖父的支持下，考入哈尔滨东省特别区区立女子第一中学（原从德女子中学）初中一年级。其间，对美术和文学产生深厚兴趣。

未婚夫汪恩甲从阿城吉林省立第三师范学校毕业，到哈尔滨市道外区基督教会创立的三育小学任教。

1928年

初中二年级。

3月15日（农历二月初五），家里大设宴席为祖父庆祝八十大寿。黑龙江军界、政界要人马占山、汪廷兰、廖飞鹏以及地方上的头头脑脑都来为祖父祝寿。

11月9日，萧红参加了东北学生举行的罢课示威游行。

1929年

升入初三。

6月7日（农历五月初一），祖父病故。

在参加学生爱国运动中结识哈尔滨法政大学学生陆哲舜，产生感情，向父亲提出解除与汪恩甲的婚约，遭反对。

1930年

暑期初中三年级毕业。

张、汪两家积极为其嫁娶做准备，陆哲舜为坚定萧红反抗家庭包办婚姻、跟他一块去北平读书的决心，从哈尔滨法政大学退学，入北平中国大学。萧红到北平后入北平大学女子师范学院附中高中一年级读书。不久，即被家里查出，两人陷入困境。

1931年

迫于经济的压力，两人不得已屈服，萧红回到了呼兰家里。父亲担心萧红再次出走，将其与家人送到张家大本营阿城县（现哈尔滨市阿城区）福昌号屯住了七个月左右。

10月，萧红从阿城逃到哈尔滨，从此开始了漂泊流浪的生涯。后走投无路，与汪恩甲一起住进道外十六道街东兴顺旅馆。

1932年

6月，萧红怀孕，临产期近，汪恩甲却不知去向。因欠下旅馆高额债务，旅馆停止其饮食供应，天天来索债，并扬言要把萧红卖到妓院。

萧红给哈尔滨《国际协报》文艺副刊主编裴馨园写信，向其求救，并因此结识青年作家萧军。两人一见钟情，互相爱慕。裴馨园、萧军等人给了萧红很大的帮助。

8月,松花江决堤,市区洪水泛滥,萧红在萧军的帮助下得以离开旅馆。不久她住进医院分娩,孩子生下后因无力抚养而送人。出院后,萧红与萧军住进道里新城大街的欧罗巴旅馆,开始共同生活。

11月,萧红、萧军搬到道里商市街25号(今道里红霞街25号),有了自己的家。

1933年

3月,萧红参加了中共党员金剑啸组织的赈灾画展,同时,在萧军的影响下,开始从事文学创作。

5月21日,她的第一部短篇小说《王阿嫂的死》发表,笔名悄吟。以后,她便以悄吟做笔名陆续发表了《看风筝》《腿上的绷带》《太太与西瓜》《小黑狗》《中秋节》等小说和散文,从此踏上文学征程。

萧红还积极参加社会活动,与萧军、白朗、舒群等人在抗日演出团体"星星剧社"中担任演员,以实际行动支持抗日。

8月,长春《大同报》文艺周刊《夜哨》创刊,萧红作为主要撰稿人,在《夜哨》上发表了《两个青蛙》《哑老人》《夜风》《清晨的马路上》《八月天》等作品。

10月,萧红与萧军合著的小说、散文集《跋涉》,自费在哈尔滨出版。萧红署名悄吟,萧军署名三郎。《跋涉》的出版,在东北引起了很大轰动。

1934年

《跋涉》带有鲜明的进步色彩,引起特务机关怀疑。为躲避迫害,萧红、萧军在中共地下党组织的帮助下,6月逃离哈尔滨,经大连乘船到达青岛。在青岛,他们住在观象一路1号。萧军在《青岛晨报》任主编,萧红集中精力,勤奋写作。

9月,中篇小说《生死场》(原名为《麦场》)完成。此间,他们与上海的鲁迅先生取得联系,并得到鲁迅的指导与鼓励。

10月,由于青岛局势紧张,萧红、萧军处境危险,他们离开青岛去上海投奔鲁迅。到上海后,住在拉都路福显坊411弄22号的二楼上。

11月30日,萧红、萧军与鲁迅先生第一次会面。与鲁迅先生的这次会面,对萧红、萧军来说意义十分重大,从此他们跟鲁迅建立了深厚的师生情谊。

12月19日,鲁迅在梁园豫菜馆请客,将萧红、萧军介绍给茅盾、聂绀弩、叶紫、胡风等左翼作家。不久,叶紫、萧红、萧军在鲁迅的支持下结成"奴隶社",并出版了"奴隶丛书"。12月,萧红的中篇小说《生死场》以"奴隶丛书"的名义在上海出版,笔名萧红。在文坛上引起巨大的轰动和强烈的反响,萧红也因此一举成名。

1936年

6月15日,鲁迅、茅盾、巴金、以群等进步作家联合签名发表《中国文艺工作者宣言》,号召爱国文艺工作者,积极行动起来,创作优秀作品,为祖国解放,民族独立而斗争。萧红是最初的发起人之一。

正当萧红、萧军在上海的生活逐渐安定下来,文学创作比较顺利的时候，二人在感情上出现了裂痕，这给萧红在精神上造成了很大的痛苦与烦恼，使她情绪低落，直接影响了写作。为了求得解脱、缓解矛盾，两人决定用暂时的离别来弥补裂痕。

7月16日，萧红离开上海，只身东渡日本。

旅居日本时，萧红过着寂寞、孤独的日子，但她还是写出了《红的果园》《孤独的生活》《王四的故事》《牛车上》《家族以外的人》，以及诗歌《沙粒》等作品，并在国内的一些刊物上发表。

10月19日，鲁迅先生在上海逝世。噩耗传到日本，萧红悲痛不已，她给萧军写了一封信，寄托了对导师的深切怀念。

1937年

1月，萧红从日本回国，到上海后便去万国公墓拜谒鲁迅先生的墓。

3月，她写下了《拜墓诗——为鲁迅先生》，发表在4月23日的《文艺》上。

4月，萧红至北平，与老友李洁吾、舒群见面。不久，萧红又回到上海，和萧军的关系也有所好转，参加了萧军编的《鲁迅先生纪念集》的资料收集整理工作。

7月7日，爆发了震惊世界的"卢沟桥事变"。

8月13日，日军大举进攻上海。在上海抗战期间，萧红、萧军不顾危险，积极热心地帮助日本进步作家鹿地亘夫妇躲过特务机关搜捕，保护他们安全转移，脱离险境。

9月28日，萧红、萧军与上海的一些爱国文艺工作者撤往武汉。在武汉，他们结识了著名青年诗人蒋锡金，住进他在武昌水陆前街小金龙巷二十一号的寓所。不久,青年作家端木蕻良也搬来与他们同住。

面对民族危亡,萧红创作热情高涨,挥笔写下多篇以抗日为主题的作品:《天空的点缀》《失眠之夜》《在东京》《火线外二章:窗边、小生命和战士》等。对宣传推动人民抗战起到积极作用。

1938年

1月,萧红、萧军和聂绀弩、艾青、田间、端木蕻良等人应民族大学副校长李公朴之邀,离开武汉到山西临汾民族大学任教。萧红、萧军、端木蕻良在校担任文艺指导员。

2月,临汾形势紧张,"民大"要撤到乡宁,萧红、端木蕻良随丁玲率领的西北战地服务团来到西安。萧军先是留下,后经延安也来到西安。在西安,萧红、萧军正式分手。此时萧红已经怀孕。

4月,萧红与端木蕻良一起回到武汉。

5月,萧红与端木蕻良在武汉结婚。日军逼近武汉,端木蕻良去了重庆。萧红独自辗转于汉口、重庆、江津之间。

年底,她在江津白朗家生下一子,孩子出生不久即夭亡。

1939年

1月,萧红又回到重庆。她应邀写下了一些纪念鲁迅先生的文章,有《记我们的导师》《记忆中的鲁迅先生》《鲁迅先生生活散记》《鲁迅先生生活忆略》等。

冬天,萧红和端木蕻良搬到黄桷树镇上名叫"秉庄"的一座二层小楼。

1940年

1月底，萧红随端木蕻良离开重庆，飞抵香港，住在九龙尖沙咀金巴利道纳士佛台三号。

3月，萧红参加香港女校纪念三八劳军筹备委员会在坚道养中女子中学举行的座谈会。

10月，应香港《大公报》文艺副刊编辑杨刚之请，为纪念鲁迅逝世四周年，创作了哑剧《民族魂》。

12月20日，萧红在寂寞、苦闷怀旧的心情中，写完了长篇小说《呼兰河传》。《呼兰河传》的完成，标志着萧红文学创作已进入了成熟时期。

之后，萧红在香港还写出了长篇小说《马伯乐》、小说《后花园》，散文《小城三月》《北中国》，散文《骨架与灵魂》《给流亡异地的东北同胞书》《九一八致弟弟书》等作品。

1941年

3月，美国进步作家史沫特莱回国途经香港，特意到九龙看望病中的萧红。后来萧红听从史沫特莱的建议到玛丽医院做全面检查，才发现患有肺结核。

10月，住院治疗。

11月底，因受医院冷遇，萧红返回九龙家中养病。

12月8日，太平洋战争爆发，九龙陷于炮火中。当天，柳亚子到萧红住处去探望她。次日，端木蕻良和青年作家骆宾基护送萧红从九龙转移到香港，住进思豪酒店。

1942年

1月12日，日军占领香港。萧红病情加重，被送进香港跑马地养和医院，因庸医误诊而错动喉管手术，致使病情严重恶化。

1月15日，端木蕻良和骆宾基将萧红转入玛丽医院。第二天，萧红精神渐复，她在纸上写下"我将与蓝天碧水永处，留下那半部《红楼》给别人写了""半生尽遭白眼、冷遇，身先死，不甘，不甘。"

1月21日，玛丽医院由日军占领，萧红又被送进红十字会在圣士提反设立的临时医院。

1月22日，萧红与世长辞，在战火纷飞中，寂寞地离开了人间。

1月24日，萧红的遗体在跑马地背后的日本火葬场火化后，葬于浅水湾。

5月1日，延安文艺界举行萧红追悼会，在延安的作家及文化艺术工作者深切悼念萧红。

1957年8月15日，中国作家协会广州分会将萧红的骨灰从香港迁到广州银河公墓，重新安葬。